ベリーズ文庫

「「完全なる失恋だ」」と思っている夫婦ですが、実は相思相愛です！

～無愛想な脳外科医はお人好し新妻を放っておけない～

高田ちさき

STARTS
スターツ出版株式会社

『「完全なる失恋だ」と思っている夫婦ですが、実は相思相愛です！
～無愛想な脳外科医はお人好し新妻を放っておけない～』

目次

「「完全なる失恋だ」」と思っている夫婦ですが、実は相思相愛です！

～無愛想な脳外科医はお人好し新妻を放っておけない～

プロローグ

夕方のスーパーマーケットで、あれでもないこれでもないと悩む。

仕事帰りで疲れているけれど、食べてくれる人がいると俄然張り切ってしまうのは、私の性格のせいだろうか。

昨日はお魚だったから、今日はお肉にしようかな。そういえばいただきもののキムチも食べてしまいたい。

冷蔵庫の中身と夫の築《きずく》さんの顔を思い出しながら今日の献立を決める。

「重いっ……」

買いすぎないようにしようと思って買い物をはじめたのに、結局かなり重くなってしまって後悔していると、急にその重さがなくなった。

「築さん」

「歩いているのが見えたから」

彼は軽々と買い物袋を持つと歩きはじめた。

「助かります。重くて困っていたので」

「いつもありがとう」

「いいえ」

私の歩幅に合わせて、ゆっくり歩いてくれている。マンションまでの近道になる公園に足を踏み入れる。同じように帰宅を急ぐ人たち、まだ遊び足りない小学生が大時計をちらちら気にしながら走り回っている。

「美与《みよ》」

「はい」

築さんが私の名前を呼びながら足を止めた。

「あれ、どう思う？」

「あれって……たい焼きですか？　美味しそうです」

離れた場所から、もくもくと上がる湯気が見える。

「食べようか」

私がうなずくのと同時に、築さんは方向転換してたい焼きの屋台に向かった。

彼は両手にたい焼きを持って戻ってくると、私をベンチに先に座らせた。

「どうぞ」

「ありがとうございます」

受け取ったたい焼きは熱々で、手で持つのも大変だ。しかし湯気が上がるその誘惑に勝てずにかぶりつく。

「美味しい！」

私の隣で同じようにたい焼きを食べている築さんもうなずいている。

「あら、いいわね。夫婦でたい焼き？」

犬の散歩中のおばさまに話しかけられた。どう答えていいのかわからずに、笑ってごまかした。

なんだか気まずくて、隣に座る彼を見る。

「私たち、ちゃんと夫婦に見えるんですね」

私の言葉に彼は少し間を空けて答えた。

「実際、夫婦だからな」

なにを言っているのだと言わんばかりだ。

「そうですね」

彼の言う通り私たちは法律上、ちゃんとした夫婦だ。

いろいろなことを思い出しそうになり、たい焼きをぱくんと食べてごまかした。

甘くて美味しい。

ふと視界の中に、築さんの指が伸びてきた。驚いて固まっているとそっと唇にその指が伸ばされた。思わず目をつむる。

「ついてる」

「あっ……」

彼は指先で私の口もとのあんこを拭うと、それをぱくんと口に入れた。

「甘い」

その低くて耳障りのいい声に、体が震えた。

「すみません。ご迷惑を」

「いいって。俺たち夫婦だろ」

「はい」

そう、私たちは誰がなんと言おうと夫婦だ。まごうことなき夫婦だ。

――ただし私は、夫に絶賛片想い中である。

第一章　おせっかい体質

いつもは耳障りに感じる蝉の声にすら風情を感じる。大きく伸びた入道雲を見上げ、ハンカチで額の汗をぬぐう。

遠くから、祭囃子《まつりばやし》が聞こえる。目の前の神社に続く参道には様々な屋台が並んでいる。浴衣を着ている人もたくさんいて華やかな雰囲気に、旅行者の私もなんとなく胸がはやる。

『今日は地元のお祭りなんです。この辺りでは一番大きなものなので、お帰りになる前に寄ってみてはいかがですか？』

旅館をチェックアウトし、見送りの際にそう教えてもらった。うれしい偶然、せっかくなので駅まで回り道して少し楽しんでから電車に乗ることにした。

歩き続けると、町はどんどん賑わいを見せて笑顔の人々とすれ違う。

そういえば、昔私も弟の手を引いてお祭りに行ったな……。今は立派になって、私に旅行をプレゼントしてくれるまでになった。

私、一ノ瀬《いちのせ》美与は弟、与人《よりと》がプレゼントしてくれた温泉旅行に来ていた。リフレッシュした体でキャリーケースを引っ張りながら、お祭りの雰囲気を楽しんでいる。

二十九歳にしてはじめてのひとり旅。これまでがむしゃらに働いていて、ゆっくりと旅をする時間がとれなかったので、旅行自体も久しぶりだった。

高校時代にはじめたカフェでのバイト。そこで正社員として雇ってもらい現在も働いている。周囲が大学に進学する中、弟の学費を賄うために少しだけ早く社会に出た。大変なこともちろんあるけれど、オーナーやお客様によくしてもらって続けられている。お客様ひとりひとりと向き合う仕事スタイルは、ちょっとおせっかいな自分には合っていると思う。

関わる人たちが比較的高齢なので、少々世間の流行から置いていかれているという自覚はある。同じ年の子たちが今なにを楽しんでいるのかなどまったくわからない。

ふと商店街のショーウィンドーに映る自分の姿が目に入る。

身長は百五十八センチ。髪は一度も染めたことがなく、ここ何年もずっとストレートのロングヘアだ。これが一番手入れが楽だといきついた。

丸顔で目が大きいせいか、年齢よりもいつも五つくらい若く見られる。落ち着いた大人の女性に見られたいけれど、どうやら難しそうだ。

洋服は気に入ったものを長く着るので、あまり流行のものは持っていないし、化粧も最低限でもう何年もアップデートしていない。

　女性としてはもう少し美に関して手間ひまかけてもいいとは思うが、その時間を美味しいコーヒーを淹れる練習に充てたいと思ってしまう。

　どこにでもいる普通の人、それが私だ。

　歩行者天国となっている道路は人が多く、キャリーケースを持ったままだとほかの人の邪魔になりそうだ。一本裏道に入って歩きはじめる。表に比べて細い路地は人が少ないが、できるだけ端っこを歩く。

「わっ」

　急に三毛猫が飛び出してきた。びっくりした私がその猫を目で追うと、ピンクの自転車でこちらに走ってくる小学校低学年くらいの女の子に向かっていった。

「危ない！」

　声をかけたけれど、猫はもう自転車の目の前だ。

　ガシャンと音がして、自転車が倒れた。女の子が道路に倒れ込む。

　私はキャリーケースを放り出して女の子に駆け寄った。

「大丈夫⁉」

　女の子の左手が自転車の下敷きになっている。慌てて自転車をどけた。見た目は小さなかすり傷だけに見える。

「うぅうう……痛い」

最初は驚いた様子だったが、次第に状況がわかって痛みが出てきたのだろうか。目に涙を滲ませた。

「手首、こうやって動かせる？　ぐーぱーは？」

私が手を開いたり閉じたりしてみせたが、女の子は頭を左右に振って涙を流す。

「痛いね。少し端っこに寄ろうか？」

女の子はうなずいたけれど、腰が抜けて立てないようだ。

「立てないっ、痛いの」

「そっか、お父さんやお母さんは？」

首を左右に振る。どうやらひとりのようだ。そして手がかなり腫れてきている。

「ほかに痛いところはある？」

私が尋ねると肩を指さした。ヘルメットをちゃんとかぶっていたし、見たところ頭は打っていなかった。

「ちょっと待ってね」

スマートフォンを取り出して、近くに病院があるか調べる。日曜日の夕方。個人病院はやっていないだろう。救急車も考えたけれど、お祭りのせいで付近は通行止めが多い。

「どうかしたの？」

年配の女性が私たちを心配して話しかけてきた。

「この子、ケガしてしまって。お知り合いですか？」

女性が女の子の顔をじっくり見ている。

「すぐそこに住んでいるんだけど、わからないわ。自転車でお祭りに来たのかしら？」

女の子に詳しい話を聞きたいが、ずっとしゃくりあげて泣いている。まずは医師にみせるべきだ。

「この辺りに病院はありますか？」

「この先にあるけれど、救急車やタクシーを待つよりも直接向かった方が早いと思う」

「そうですか、教えてくださってありがとうございます」

スマートフォンの地図を見せて、詳しい場所を教えてもらう。

「病院に行って、そこからお母さんたちに電話してもらおうか？」

私の言葉に女の子は泣きながらうなずいた。

「じゃあ、どうぞ」

私は女の子の前にかがんで、背中を見せる。

「おぶって行くから乗って」

「え……」

戸惑っている女の子に声をかける。

「歩いていく方が早いみたいなの。なんとか左手を使わずに私に体を預けて。大丈夫だから！」

必死になって女の子を説得するが、泣くばかりで動こうとしない。どうやらパニックになってしまっているようだ。早く病院に連れて行ってあげたいのにどうすればいいのかと悩んでいたときだった。私たちのやりとりに男性の声が割り込んできた。

「そんな細腕で背負うな。ケガ人が増える」

ハッとして顔を上げると、私より少し年上ぐらいの男性がこちらを見下ろしていた。

「どいて」

男性は女の子のケガの確認をしている。

「腫れてきているな」

そうつぶやいたと同時に「少し我慢して」と言って、女の子を抱き上げた。

そして迷うことなく早足で歩きはじめた。

「あっ、ちょっと待ってください！」

私は女の子の乗っていた自転車を、女性に預かってもらえるように頼むと、女の子を抱えた男性を追いかけた。

男性の早足は、私にとっては駆け足の速さだ。足の長さの違いから、それくらい一歩の大きさが違う。自転車のカゴに入っていた女の子のポシェットを持って、必死に追いかけるけれど、なかなか大変だ。

しかし今そんなことを言っている暇はない。女の子のケガの方が心配なのだから。

「名前は言えるか？　歳は？　あのお姉さんが持っている鞄の中身、後で確認していいか？」

男性は女の子にいろいろと話しかけながらも、ますますスピードを上げている。

必死になって背中を追いかけていると五分もしないうちに、病院の救急窓口が見えてきた。

かなり細い路地を通った。救急車やタクシーだともっと時間がかかっていたに違いない。

救急の待合室の椅子に女の子を座らせると、男性は私に振り向いた。

「この子、見ておいて。それからその鞄の中に身元がわかるようなものが入っていないか確認して」

「は、はい」

私に指示を出すと、男性は救急受付に向かう。

「六歳の女の子。自転車で走行中路上で猫に驚いて倒れ、左腕、手首を負傷の様子」

ずいぶんと的確に話をするなと感心しながら、私は自分の言われたことを思い出し女の子に確認を取る。

「鞄の中見せてね」

了承を得て中を確認する。するとキャラクターものの小さなお財布と、子ども用の携帯が入っていた。

「おうちの人に私から連絡してもいい？」

「ママ……ママ……」

それまでなんとか痛みに耐えていたものの、母親を思い出したのか泣きだしてしまう。

「大丈夫だよ。一緒にいるからがんばろうね」

ぽろぽろ流れる涙を見ながら、女の子の携帯の着信履歴から〝ママ〟という連絡先を表示させて連絡する。

「突然すみません。私、一ノ瀬と申します。お嬢さんが自転車で転んでしまいまして――」

『ええっ！』

受話器を通しても焦った気持ちが伝わってくる。

「検査はまだですが手がひどく腫れていて――」

説明をしていると、男性が戻ってきて電話を代わるように言われた。

「お電話代わりました。私南雲《なぐも》と申します。緊急を要すると判断してお嬢さんを病院にお連れしました。現在はまだ診察待ちの状態ですが骨折の疑いがあります。至急こちらにお越しいただけますか？」

男性は私よりもよほど的確に状況を伝えてくれている。

「落ち着いてください。なにもないと判断するためにこれから診察しますから」

子どもがケガをしたと聞いて、相手もパニックになっているようだ。彼は声をかけて落ち着かせている。

すごいなぁ。私ひとりで女の子をここに連れてきていたら、こんなにスムーズに話は進まなかったかもしれない。

「これ」

「あの、すみませんでした」

私は携帯電話を受け取り、女の子の鞄にしまいながら謝罪した。

「は？」

彼は怪訝そうな顔をした。

「どうして君が謝るんだ？　彼女を助けたのは君だろう？」

「いいえ……実際はなにもできてませんから」

女の子を背負って病院へ行くと言ったけれど、私が連れてきていたらもっと時間がかかっただろう。土地勘も力もない、やる気だけが空回りしていたはず。

「そんなことない。ほら」

彼の視線の先には、女の子が私の服の裾をぎゅっと握っている姿があった。

「彼女は、君がいてよかったと思っているはずだ」

そっけない言い方だったけれど、私を慰めたいという気持ちは十分伝わった。

待合室には順番を待つ患者が何人かいて、診察の番までまだ時間がかかりそうだ。

女の子のケガしていない方の手を握ってあげると、私に体を預けてきた。きっと今とても心細いに違いない。少しでも寄り添ってあげたい。

「あれ、もしかして南雲先生じゃないですか？」

白衣を着た男性医師が、私の隣に立つ男性に駆け寄ってきて話しかけている。

「あぁ、そうだが」

男性が途端に気まずそうにそっと視線をはずしている。

彼も医師だったの？

病院に到着してようやくひと息つけたことで、はじめてまじまじと彼のことを見る。

びっくりするくらい、かっこいい……。

身長は百八十センチを優に超えていそうだ。与人が百七十センチ台後半だが、それよりもずいぶん大きく見えるのはがっしりと鍛えられた体格のせいかもしれない。

整っていてかつ精悍な顔つきにも、思わず目を奪われてしまう。

白衣を着たらどんなふうなんだろうか。

思わず想像しそうになって、頭を振って思考の外に追いやった。女の子が不安で仕方ないときなのに、私ったら……。

でもこんな状況でも目を奪われるほどの美丈夫なのだ。

それに彼が話をしている相手の様子からすると、人望も厚いように思えた。

話を盗み聞くなんてよくないと思うけれど、聞こえてくるのだから仕方ない。

「先日の学会でご挨拶したかったんですけど、たくさんの人に囲まれてらっしゃったので」

「そうですか」

相手の熱量と、南雲先生と呼ばれた彼のテンションの違いがすごい。そっけないのは、誰に対しても同じらしい。

「あの学会で発表された術式について詳しくお話を伺いたいのですが」

「いや、今はちょっと。申し訳ないが」

「あぁ、そうですよね。思わぬ人に思わぬところで出会って興奮してしまいました。あのもしよろしければ、後日でもいいので――」

「すまない、どうやら呼ばれたようだ」

女の子のところに、看護師さんがやって来た。

「俺も付き添おう」

女の子を抱き上げて、診察室の方に歩いていく。私もその背中を追いかけた。

診察室に入ってからも南雲先生の認知度はすごく、どうやら本当に偉いお医者様のようだ。

「あれ……南雲先生じゃないですか？　もしかしてこの子、先生の……じゃあ、こちらが奥様ですか？」

診察室に入るなり、担当の医師が盛大な勘違いをした。

「違う、さっきそこで拾った」

間違いじゃないけれど、言い方……。

「拾った？　まぁ、いいか。君、南雲先生に助けてもらえるなんてよかったね。少し痛いだろうけど我慢してね」

診察にあたった医師も、手放しで彼を褒めている。私が思っているよりも有名なお医者様なのかもしれない。

それなら女の子の診察に立ち会ってもらって安心だ。

レントゲンを撮り骨折の処置をしている間、女の子のご両親から連絡があった。こちらに向かっているけれど、渋滞に巻き込まれているらしい。

動かさないように手首を固定されている女の子の姿を見ると痛々しい。けれど処置が終わったことで表情は少し明るくなった。

それを見ただけで、少しほっとできた。

「お母さん、こっちに向かってるからね。もう少し一緒に待とうね」

「うん」

そんなやり取りをしていると、外からドーンという音が聞こえてきた。

「花火……」

女の子がぽそっと言葉にした。

ケガさえしなければ、今日は夜店や花火を楽しんだのだろう。だから落ち着いた今になって残念な気持ちになっているのかもしれない。

「花火、見るか？」

「うん！」

南雲先生が声をかけると、女の子はうれしそうに笑った。それを見て私もうれしくなって笑う。

「君も一緒に」

「はい」

あたり前のように女の子を抱っこして、歩きだした。

彼が案内してくれたのは、病院の外階段だった。

「わぁ〜！」

外に出た途端、花火がドーンと上がるのが見えた。女の子と私はふたり揃って感嘆の声をあげた。

次々と花火が上がっていく様子を、三人で眺める。

「大きい、見て！」

「すごいね。ほら、次のも綺麗だよ」

笑顔の女の子と私は、ふたりで花火の感想を言い合う。

「こんな素敵な場所、ご存じだったんですね」

「あぁ、地元だからな。この病院にもずいぶん世話になった」

「南雲先生——あっ、さっきお医者さんたちがお名前を呼んでいたので、勝手にすみません」

「いや、それはかまわないが。君は？」

「私は、一ノ瀬美与と言います。ここには旅行で来たんです」

「旅行で来たのに、こんなところで人助けか」

「ふふふ……不思議ですね」

本来なら今頃は電車に乗って、お土産を手に東京に戻っているはずだった。

「ただ、こんな素敵な花火が見られたのでよかったです。何年ぶりだろう」

日々忙しく過ごしていて、ゆっくり花火を見るチャンスなんてなかった。

「これも旅の思い出です」

「思い出……か」

南雲先生も花火を見てほんのりと口角を上げた。その姿が美しくて思わず目を奪われてしまう。

花火が終わった頃、女の子のご両親が迎えに来た。

救急の待合室で再会すると、それまでは歩くのさえつらそうだった女の子が母親の胸に走って飛び込んでいく。

ぎゅっと抱きしめている母親の目には、涙が滲んでいた。きっとすごく心配したのだろう。

「このたびはご迷惑をおかけしました」

「ごめんなさい」

女の子もご両親と一緒に頭を下げた。

「治療、すごくがんばっていましたよ」

南雲先生はかがんで女の子の頭をなでていた。女の子も少し得意そうにしている。

言葉も多くなく、子どもからすれば少し怖いと思うかもしれない。しかししばらく触れ合えば彼の優しさはすぐにわかるのだろう。女の子はすっかり南雲先生になついている。

私もあのとき助けてくれたのが、彼で本当によかったと思う。

半歩引いたところで様子を見ていたら、女の子が私の方へ駆け寄って見上げてきた。

「お姉ちゃん、ありがとう」

「いいえ、どういたしまして」

私もかがんで視線を合わせる。

「痛いのによくがんばったね。早く治るおまじないしてもいい？」

「うん」

「痛いの痛いの飛んでいけ～！」

私が人差し指を包帯の巻かれた手にちょんちょんと付けて、それから痛みが飛んでいくイメージでふいっと遠くに飛ばした。

「早くよくなって、また自転車に乗れるといいね」

「うん。バイバイ」

小さな手を振りながら、女の子はご両親と一緒に歩いて帰っていった。

ほっとして、息を吐く。すると隣から「おつかれさま」と声が聞こえてきた。

「はい。南雲先生も遅くまでおつかれさまでした」

「まぁ、別にとくに予定もなかったしな」

「お祭り、行かなくていいんですか？」

「いや、もうこの歳になってひとりで行くのはさすがに……花火も特等席で見られたしそれでいい」

苦笑いを浮かべながら、髪をかき上げた。

「たしかに、花火はすごかったですね」

南雲先生とともに、救急外来の自動ドアを抜け外に出る。病院の前の道路はたくさんの人であふれかえっていた。お祭りのメインイベントの花火が終わって、帰宅の途についているのだろう。

「君はこれからどうするんだ？」

「まずは荷物を取りに行きたいんですけど。あの……」

今さら気がついた。必死になってついてきたせいでここがどこだかわかっていない。頼れるのは目の前にいる南雲先生だけだ。

ちらっと彼の様子を見ると、どうやら私の状況を察してくれたようだ。

「もしかして君、あの場所に荷物を置きっぱなしにしてきたのか？」

「はい……実は」

自分の計画性のなさが恥ずかしくて、顔を背けた。

「ははははっ、君はとんだお人好しだな」

突然の笑い声に、私は驚いて顔を上げた。

こんなに豪快に笑う人だったんだ。

親切な人だとは思っていたけれど、小さな子を前にしてもぶっきらぼうなままだった。声をあげて笑うイメージがなかったせいか、驚いてしまった。

「安心していい。帰り道だから、俺が案内する」

彼はポケットに手を突っ込むと、さっさと歩きだした。そのうしろ姿をぼーっと見ていたのだけれど、彼が振り向いて「来ないのか？」と声をかけてきてようやく我に返った私は、慌てて彼を追いかけた。


現場に放置していたはずのキャリーケースだが、自転車を頼んだ近所の女性が預かってくれていた。私たちが現場に到着して周囲を見渡していると、すぐに出てきてくれたのだ。

「よかったわ。置きっぱなしになっていたから心配していたの。あの子はどうだったの？」

「ケガはしていましたが、元気にご両親と帰りました。自転車はこちらに預かってもらっていると伝えてあるので後日引き取りにみえると思います」

「よかったわ。あなたたちもおつかれさまね」

「はい。お世話になりました」

私はキャリーケースを受け取り頭を下げ、その場を後にする。

「駅は向こうだけど……たどり着くまではちょっと大変そうだな。その足じゃ」

「えっ、気がついていたんですか？」

実は安心したせいか、今頃になって足が少し痛むのに気がついた。猫が飛び出してきたときに、驚いて変に足を着いてしまったのかもしれない。それでも彼には気づかれないように必死になって歩いていたつもりだったのだけれど。

「俺も医者の端くれだからな。腫れてはいなさそうだが」

「少し違和感があるくらいです。だから大丈夫だとは思うんですけど」

「人混みにキャリーケースか。ちょっと負担じゃないか？　かといってタクシー呼んでも今日はどうしようもないだろうし」

大通りを通過している人たちの歩みを見ると、本当にのろのろとしか移動できていない。その中でキャリーケースを引いて足をかばいながら歩くのは、現実的ではない。

「少しどこかで時間をつぶします」

東京行きの最終まではもう少し時間がある。

「それなら、付き合う」

「えっ⁉」

「嫌なのか？」

彼の言葉に慌てて、胸の前で手を振る。

「めっそうもない。でもこれ以上ご迷惑をおかけするわけにはいきませんから」

「君に迷惑をかけられた覚えはないが」

「いや、でも」

申し訳ないからと再度断ろうとしたのに、さっさと彼が歩きはじめた。今日こうやって彼の背中を追うのは何度目だろうか。

「駅前の店はどこもいっぱいだろうし、地元の居酒屋になるけどいい？」

振り返りながら視線を向けられた。もう彼は私が一緒に行くと思っているらしい。

せっかくの厚意を無碍に扱うのも失礼だろう。

ひとりで休憩できそうなお店を探すのも大変そうだ。

「よろしくお願いします」

私の声を受けた彼は、ほんの少し口角を上げるとポケットに手を入れたまま歩きだした。かと思うと振り返って私の持っていたキャリーケースを手に取り、再びなにも言わずに歩きだす。

「ありがとうございます」

「ん」

彼はときどき私を振り返りながら、距離ができそうになるとゆっくり歩いてくれる。心遣いをうれしく思いながら、できるだけ遅れを取らないように彼の後に続いた。

五分ほど歩いてたどり着いたのは、路地裏の奥まったところにある地元の人だけが知っていそうな店だ。私のような旅行者が見つけられるとは思わない。

店内はカウンターと座敷席があり、賑わっていた。

「ふたりだけどいける？」

「カウンターにどうぞ」

ちょうど端が空いていて、彼がキャリーケースを邪魔にならないように置いてくれた。その後手を差し出して、椅子に座るのを手伝ってくれる。私の足を気遣ってのことだろうけれど、エスコートが完璧でドキドキしてしまう。

普段はどちらかというと世話をする方が多いので、なんとなく新鮮で気恥ずかしい。

ちょっと照れてしまうが、素直に彼の厚意に甘えて手を貸してもらい、少し高い椅子に座った。

「なんでもうまいけど、とくに魚がおすすめ」

「じゃあ、南雲先生が選んでください」

「アレルギーは？」

「ふふっ、苦手な食べ物は？とかじゃなくて、アレルギーっていうのお医者さんらしいですね。好き嫌いもアレルギーもありません。なんでも美味しく食べられます」

「わかった。あ、ケガ軽いかもしれないけど今日はアルコールは避けておいた方がいい」

「はい。お医者様の言う通りにします」

私が肩をすくめてみせると、彼はのどの奥で小さく笑って私にメニューを渡してきた。

少ししたら目の前に私の頼んだウーロン茶と南雲先生のビール、それとお通しの胡麻豆腐が並んだ。

「じゃあ、おつかれさま」

「おつかれさまでした」

グラスをかかげてから飲むと、乾いた体にしみ込んでいくようだった。

「そういえば、君も飲まず食わずだったな」

「はい、今気がつきました」

女の子を助けたのが、十五時過ぎ。それからは水の一滴すら飲むのを忘れていた。

「俺は職業柄よくあるけど、君は大変だったな」

「でも、こう見えても普段は立ち仕事がメインですし、なかなか休憩がとれないこともあるので大丈夫ですよ」

力こぶを見せる仕草をすると、彼が目を細めて笑った。

うん、いい。すごくいい。

気難しそうに見えたけれど、笑顔がすごく素敵だ。一瞬だから見逃さないように気をつけなくてはいけないけれど。

運ばれてきた食事を前に、ふたりで舌つづみを打つ。昨日の旅館で食べた海鮮も美味しかったが、ここのお魚も新鮮で美味だ。

「ん、美味しい」

刺身も煮つけも美味しくて、食べるたびについついうなってしまう。

彼はそんな私の方に、そっとお皿を寄せてもっと食べろと言う。私もお言葉に甘えて、遠慮せずにいただく。

「思っていたよりも、お腹が空いていていたみたいです」

「それはよかった」

彼が小さく笑った。とっつきにくい人がふと見せる笑みは反則だ。つい見とれてしまいそうになる。

慌てて私は話を振った。

「南雲先生は、外科の先生ですか？」

先ほど病院で先生同士やり取りをしているのを聞いてそう思った。

「あぁ、だが脳外科だから整形外科は専門外」

私の質問に短く答えてくれるスタイルで会話を交わす。ときどき彼から話を振られると、ついついいろいろと話をしてしまう。

「君の仕事は？」

「カフェでコーヒーを淹れています。これでも結構上手なんですよ。お客さんにも評判なんです」

質問されたのがうれしくて、あれこれと余計なことまで話をしてしまった気がするが、まぁ楽しかったのでいいとしよう。

話も弾みそのうえ、勧められるまま結構食べた。

「ほかには？　もっと食べるか？」

「いいえ、もう十分です。ありがとうございます」

南雲先生との会話が思いのほか楽しかった。決して言葉が多いわけではないけれど、聞き上手だからか一緒にいてとても心地がいい。

そのせいか時間があっという間に過ぎる。腕時計を確認した。早めに駅に向かわないと、終電の時間に間に合わなくなってしまう。私は最後に化粧室へ立って、席に戻った。

「あれ？」

ぐるりと周囲を見渡すと、南雲先生がレジの前で私のキャリーケースを持って立っていた。

「行こうか」

「え、いえ。ここから駅までならひとりで行けますし。あのお会計を」

私がバッグから財布を取り出そうとすると、彼が止めた。

「いい思い出にして帰ってほしいから」

そう言ってまた先に歩きだした。どうやら化粧室に立っている間に、会計を済ませておいてくれたらしい。

「あの、おいくらでしたか？」

「いらない。それよりも足は？」

払ってもらうなんて、申し訳ないと思いつつも、この話は終わったとばかり別の話を進める。

「はい。ゆっくりしたおかげで大丈夫そうです。ご心配をおかけしました」

「これでも一応、医者だからな」

「一応だなんて、とても立派なお医者様です」

きちんとした指示や女の子のケア、ご両親への対応も私ではできなかったことだ。

帰りがけのハプニングだったけれど、今すごく満足している。思い出に残るいい旅行だった。

その旅行もそろそろ終わりだ。駅が見えてきた。

「ん、なんだか人だかりがすごいな。様子を見てくるからちょっとここで待ってろ」

「はい」

キャリーケースを置いて、南雲先生は人だかりの中に向かっていく。

お祭りはずいぶん前に終わっている。それなのにこんなに人がいるのはなぜだろうか。その理由は戻ってきた南雲先生によって知らされた。

「どうやら電気系統のトラブルで、電車が運休しているらしい。今日はもう復旧は見込めないと言っていた」

「えぇえ！　どうしよう」

これは困った。今日帰るつもりだったから、宿の手配はない。

「今からホテルってとれるでしょうか」

「今日は……無理だろうな」

もともとこういったイベントの日は、早くから予約が埋まる。探してもきっと無駄に終わるだろう。

「そう……ですよね」

ちらっと駅前にある深夜営業のファミリーレストランを見てみたけれど、そこも私と同じように電車に乗れなかった人たちであふれている。

「駅で待つって言っても、この人だかりじゃ難しいですよね」

八方塞がりとはまさにこのことだ。

茫然と人であふれかえる駅を見るしかできない。

落ち着いて……どうにかしなきゃ。

「よければ、うち来るか？」

「……え？」

聞き間違いだろうか。彼の顔をまじまじと見てしまった。

「実家だから部屋も布団もある。鍵付きの別の部屋を用意できるし」

「いえいえ、ご迷惑でしょうから」

「俺の素性はわかってるだろうし、君のことも怪しんだりしていない。まだ安心できないか？」

「いえ、あの、その……違うんです」

善意の相手に失礼な態度をとってしまった。

「南雲先生が、私になにかするなんてことはありえないって、ちゃんとわかっていますから」

「ありえないかどうかは、わからないけどな」

「へ？」

今、なんて言ったの？　それってなにかあるってこと？

想像してドキドキしてしまう。

もう一度聞いていいのか、ダメなのか。それすら判断できない私は間抜けな顔をして彼を見る。

「冗談だ」

「な、なんだ。ははは」

真に受けてしまったのが恥ずかしくて、笑ってごまかす。

そんな私にはおかまいなしに、彼はまた私のキャリーケースを手に持って歩きだした。

足を止めたままの私を振り返った。

「それとも野宿するのか？」

「い、いえ！ よろしくお願いします」

ここまでしてもらって、断るなんてできない。

なんだか無性にドキドキしながら、彼の後を歩き続けた。


近所だと彼が言った通り、そこから歩いて十分もしないくらいで一軒家に到着した。

築年数はそれなりに経っているようだが、丁寧に手入れされているのがわかる。雑草や蜘蛛の巣なんか皆無で、木々もきちんと剪定されている。

「普段は誰も住んでいないんだが、近くに住んでいる叔母が管理してくれているから安心してほしい」

彼の言う通り、庭もきちんと整えられている。

「どうぞ」

鍵を開けた彼が、ドアを押さえてくれている。

「お、おじゃまします」

普段人が住んでいないせいか、実家といえど物は少なくちょっと寂しく感じた。しかし掃除が綺麗に行き届いていてここが大切にされているのだとわかる。

「普段は職場の近くに住んでいるんだ」

「そうですよね、通勤に時間がかかるとそれだけ睡眠時間が減りますもんね」

外科医がどれほど過酷なのか、与人の様子を知っているので理解はできる。本当は与人も病院の近くに住みたいだろうが、食事や洗濯ができないと言ってまだ実家から通っている。

本当はそれだけが理由じゃないだろうけど……。

靴を脱いで中に入る。リビングに案内されてソファに座るように言われ、おとなしく従う。

「足、見せて」

「え？」

「ケガ、心配だから確認させて」

「いえ、あの本当に平気なので。ほんの少し痛いだけですし」

そう言いながら彼を見たが、納得しないようで私の前にひざまずき、その膝に足をのせるようにぽんぽんと叩いている。

ん～これはきっと、見せるまで押し問答が続きそう。

今日出会ったばかりだが、一緒にいてわかったことがいくつかある。彼はぶっきらぼうだけれど優しい。そしてわりと頑固で強引だ。

きっと医師として私のケガがどういったものか確認しておきたいのだろう。

放置できないのは医者の性《さが》みたいなもの？

あきらめて彼の膝の上に足をのせると、真剣なまなざしで状態の確認をしている。

「腫れはないようだけれど、こうすると痛い？」

「いいえ、ただ足を着くときに少し違和感があるんです」

「なるほど。とにかく冷やして朝まで様子を見よう」

私がうなずくと、彼は救急箱を持ってきて中から湿布を取り出した。使用期限を気にしているあたり、普段はここに住んでいないというのが本当なのだと実感する。

「冷たいけど、我慢して」

「はい……んっ」

わかっていても、冷たくてぶるっと体が震えた。彼はくすっと笑って片付けをしている。

「コーヒー飲むか？」

「はい、大好きです」

「ＯＫ。まぁ、味は保証できないけどな」

彼がキッチンに向かった後、しばらくするとコーヒーの匂いが漂ってきた。

「ミルクは？」

キッチンの方から声がした。

「いらないです、ありがとうございます」

そう言った後すぐに、彼がマグカップふたつを持ってリビングに来た。コーヒーを私に手渡すと隣に座る。

「ありがとうございます」

息を吹きかけて、少し冷ましてからひと口飲んだ。

「疲れただろうから、少しでも落ち着けるといいんだけど」

「たしかにいろいろありましたね、おかげさまでほっとします」

温かいコーヒーのおかげで、少しだけ体のこわばりがとけたようだ。

「よかった。適当なもので申し訳ない」

「いいえ、とんでもないです。今日は本当にお世話になりっぱなしで」

あらためて考えると、南雲先生とは不思議な縁だなと思う。今日はじめて会ったのにこうして自宅に泊めてもらうなんて、自分でも驚いている。

「世話ってほどのことはしたつもりないんだけど。あのケガをした女の子は君がいて心強かったと思うし、俺としては適当に過ごそうと思っていた日に花火もうまい飯も楽しめたのは君と出会ったからだから。そんなに気にしないでいい」

「そう言っていただけると気持ちが楽になります」

あきらかに迷惑をかけているにもかかわらず、彼の気遣いに心が温かくなる。

「あのとき出会ったのが南雲先生でよかったです」

「そうか。まあ医者って言っても専門外だけどな」

なんとなく静かになるのが気まずくてあれこれと聞いてしまう。よくよく考えれば失礼だったかもしれないが、彼は嫌な顔せずに答えてくれる。

その合間に彼に聞かれて私も自分の話をする。

「そういえば急に誘ったけれど、家族や恋人にはちゃんと連絡したのか？」

「はい。弟にはさっきメッセージしました。彼氏はもうずっといないのでその心配はいりません！」

南雲先生からしたら困っている私に手を差し伸べただけなのに、もし私に彼氏がいたとしてとばっちりでも受けたら目もあてられないだろう。聞かれて当然だ。

慌てて事情を説明したけれど、南雲先生はじっとこちらを見たままだ。

ど、どうしてそんなに見てるの？

居心地が悪くて、言葉を重ねてしまう。

「さ、さすがに過去にお付き合いしたことくらいはありますよ、別に独身主義ってわけじゃないんです。むしろ早く結婚したいなって思っているんですけど……」

焦ってなんだか変なことを口走ってしまった。慌てて口を押さえたけれど、出てしまった言葉はもう二度と私のもとには戻ってこない。

「ずいぶん、話が飛躍するな」

「すみません、今日会ったばかりの人に」

「そういう相手だからこそできる話もあるだろう、なにかあるなら聞くが」

それはそうかもしれない。彼が嫌でないのなら、少し話を聞いてもらいたくなった。

「すごくつまらない話なんですけど、聞いてもらえますか？」

「ぜひ」

行きがかりで泊めてもらうことになった相手との夜。そんな関係だから話せることも言えることもある。

「うちは両親はすでに他界しているんです。父は私が小学校に入る前に事故で、母は高校を卒業する年に病気で亡くなりました。そのとき弟はまだ中学生でした。それからずっとふたりで暮らしています」

「なんとなく〝姉〟って雰囲気がする」

「よく言われます。おせっかいが滲み出ているんですかね？」

私が笑うと、彼もわずかに表情を緩めた。

「おせっかいというよりも、頼りがいがあるんだと思うが」

気を使ってくれているのがわかる。彼に甘えて私は話を続けた。

「弟は私と違って勉強もスポーツもできて、母が闘病している姿を見て医師になりたいってずっと言っていたんです。でも……その、医学部ってお金がかかるでしょう？アルバイトする時間もなかなか取れないだろうし。だから思い切って私は進学せずに就職して、私のぶんの学費を弟に回すことにしたんです。まだ研修医なんですけど、でも無事に医師になってくれてほっとしています」

「そうだったのか。弟もだけど君もがんばったんだな」

手放しに褒められて罪悪感を持つ。私が本当に弟のことだけを考えて世話をしていたわけではないからだ。

「どうでしょうか？　がむしゃらだったたって言う方が正しい気がします。ただ必死だったからこそ、母の死を乗り越えられたのはたしかです」

母は長い間病床に臥していた。それでもこの世に存在しているという事実が私たち姉弟を支えていた。

その心のよりどころを失ったときの喪失感は、自分の生きる活力が奪われるようなものだった。

「私って本当になんの取り柄もない人間なんですよ。でもそんな私にとって、弟を育てることが人生の目標になったんです。そうしたら周りの人が『偉いね』って言ってくれて。考えると自分の承認欲求を満たしていたんだと気づきました」

「そんなことないだろう。事実君のやってきたことは褒められるべきだ」

はっきりと否定されてうれしい。それと同時に素直に受け止められない自分もいる。

「ありがとうございます。でもそう言ってもらうことでしか、自分を認められないんです。弟だって重荷に感じている部分もあると思います」

実際、研修医の弟は寝る間も惜しんでいるはずなのに病院の寮にも入らず、近場に家も借りないのは私をひとりにしないためだろう。

「私もそろそろ、本格的に弟離れしたくて。早く結婚したいなって」

「結婚？」

わずかに驚いたようで、私の様子をうかがっている。

「弟には年上の彼女がいて結婚前提でお付き合いしているのは知っているんです。そんなふたりの会話をある日聞いてしまったんです。弟はどうやら私がひとりになるのを心配しているみたいで。私が結婚するまでは結婚する気がないって言っていました」

本当に偶然だった。彼女が自宅に遊びに来ているときのこと。私が帰ってきたのに気づかずに話をしているのを聞いてしまったのだ。

「そのときにずっと弟の支えになっていると思っていたのに、今となっては私が弟の足かせになってるって思えてしまって」

胸が苦しくなる。弟を立派に育てることで、母の死を乗り越え承認欲求を満たしていた。全部私がやりたくてやってきたことだ。しかしそのことが弟の今の幸せを邪魔してしまっている。

「本末転倒を絵に描いたみたいですね」

私は笑ってみせたが、南雲先生は難しい顔をして私を見ていた。

「いつの間にか自分の幸せは弟の幸せになっていたんです。でもそれじゃダメなんだって思い知りました」

彼は言葉なくうなずいた。

「これまでお付き合いした人とは、いつも家庭を優先するあまり最終的にはうまくいかなくなってしまって」

「うまくいかないって？」

「前の彼のときは彼の気持ちをきちんと受け止められなかったせいで、相手が軽いストーカーのようになって。彼の人生を壊してしまった。それから恋愛するのが怖くなっちゃって。それなのに結婚したいなんて、誰かこんな私でもいいって言ってくれる人が現れるといいんですけど。まぁ、前途多難です」

最後は暗くならないように、肩をすくめてみせた。南雲先生も私の気持ちを汲んでくれたようで、苦笑いを浮かべている。

「結婚は誰かのためにするもんじゃない。それに元彼の行動がおかしくなったのは、相手自身の問題で、君が悪いわけじゃないだろう」

ゆっくりと、少し低い慰めるような優しい声が胸に響く。

続けて彼がつぶやいた。

「人の価値なんて……そこに存在しているだけで十分だ」

彼のその言葉が妙に胸に響いた。

「今日会ったばかりなのに、不思議ですね。気持ちが軽くなりました。カウンセラーの資格持ってるんですか？」

彼はのどの奥で小さく笑いながら、首を振る。

「その逆だ。いつも看護師に叱られる。言葉が足りてないせいで患者が不安がってるって」

真面目だけれど余分なことをしゃべらない様子を想像して、笑ってしまった。笑った私を見て、彼は体ごと私に向き合った。真剣な目がこちらを見ている。

「自分を大切にするんだ。それが周りを幸せにする」

彼が私を心配して送ってくれた言葉だとわかる。

「……そうなのかもしれません。すごく気持ちがこもってますね」

「気のせいだろ」

「そうですか」

お互い笑い合うと、なんとなく気持ちがすっきりした。今まで誰にも相談したこともなかったが、思いのほか心の重りになっていたらしい。

「今日は疲れているはずだ。そろそろ休んだ方がいい」

押入れを開けてブランケットと枕を出し、リビングに続く客間に案内してくれた。

「足、痛くなったら起こして。おやすみ」

「はい。ありがとうございます。おやすみなさい」

私は扉を閉じる南雲先生に声をかけた。

灯りが落ちて暗くなった部屋で、用意してもらったブランケットにくるまる。

本当なら今頃、東京に戻り与人と一緒に温泉まんじゅうを食べながら旅の思い出を語って一日が終わるはずだった。それなのになぜだか今日会ったばかりの男性の家でブランケットに包まれている。不思議な一日だった。

けれどこの日が自分にとって、心に残る大切な日になったのは間違いない。きっとときどき思い出してはくすっと笑うだろう。

眠れるかどうか心配だったけれど、それは杞憂に終わった。午後から慌ただしくあちこち動き回っていた私は、目を閉じるとあっという間に眠りのふちに落ちた。

その瞬間に南雲先生が言っていたひと言がふと蘇ってきた。

『人の価値なんて……そこに存在しているだけで十分だ』

自分が与人の足を引っ張っているという自覚がある今の私にとって、胸が温かくなる言葉だった。

トントンと包丁を使う音、パチッと目を開けると、だしの香りが漂ってきた。

いい匂い。

寝ぼけていた私は、いつも通り伸びをしてからやっと気がついた。ここが自分のベッドではないということに。

「あっ！　痛っ」

慌てて体を起こして、ソファから落っこちた。

「開けるぞ」

外から声が聞こえてきた。

「はい、どうぞ」

ドアが開いて、南雲先生が入ってきた。

「鍵は？　かけてなかったのか」

「あっ……うっかりしていました」

彼は驚いた顔を一瞬したが、私の様子を確認するために近付いてきた。

「それよりすごい音がしたけど、大丈夫か？」

ブランケットにまみれてソファから落下した私は、慌てて体を起こす。

「おはようございます。すみません、こんなかっこうで」

音を聞いた南雲先生が様子を見に来てくれた。

「あぁ……ははは、いや。笑って悪い。立てるか？」

大きな手を差し伸べてくれたので、手伝ってもらって体を起こす。

「どこも痛くないか？」

「はい。朝からお騒がせしました」

「いや。元気ならそれでいい。足、嫌じゃなければ見せて」

私は素直に昨日少し痛めた足を、彼に見せる。

「腫れはなさそうだ。足、着いてみて」

「全然痛くないです」

「問題なさそうだな。よかった」

やわらかく笑った顔を見て、胸がキュンとした。

「ありがとうございました」

「念のため、新しい湿布を貼った方がいいな。先にシャワーどうぞ。タオルは置いてあるのを適当に使って」

「はい。ではお言葉に甘えます」

私はキャリーケースから予備に持ってきていた着替えを取り出して、シャワーを浴び身支度を整えた。

さっぱりした私がキッチンに向かうと、立派な朝食がダイニングテーブルの上に並んでいて驚いた。

「適当に作ったんだけど、食べるだろ」

「朝ご飯まで作っていただいて、すみません」

タラの西京焼き、ホウレンソウの入った卵焼き、豆腐とわかめのお味噌汁。

「はぁ～完璧な朝ご飯ですね」

いつも家事をしている私でも驚いた。これを準備するのは結構大変なはずだ。

「ちょうど、食べてしまわないといけない食材があったからそれを使い切りたかったんだ。別に手の込んだものじゃないだろ」

「いいえ、十分手がかかってますよ」

「味は適当だぞ。座って」

「はい」

彼に言われるままダイニングテーブルに着くと、すぐに白いご飯をよそってくれ手渡された。彼も自分のものを用意して向かい合って座る。

「美味しそう。誰かに作ってもらう朝ご飯なんて久しぶり」

「弟は料理はしないのか？」

「はい。勉強と仕事が忙しそうだったので、家事は私が全部やってました」

彼はお茶を淹れながらしかめ面をする。

「甘やかしすぎだ。家事のひとつもできないなんて彼女には大きな負担だな」

「そうかもしれません。反省します」

私はくすっと笑って肩をすくめた。

「反省しているようには見えないがな」

彼は少しあきれたように笑った後、手を合わせ食べはじめた。

「いただきます」

私も手を合わせてから、まずはお味噌汁を飲んでみた。

「美味しいです。体にしみる」

「大袈裟だな、遠慮なく食べて」

私はうなずくと、お皿に手を伸ばした。

「ここで誰かとこんなふうに食事をするのは、久しぶりだ」

「……そうなんですね」

その相手が私でよかったのだろうかと思うが、口にしないでおく。

「唯一の家族だった母が亡くなったのが十七歳のとき。今、三十五だから十八年前か。こう考えると早いな」

なつかしそうにしながら、ご飯を口に運んでいる。

「君が昨日言っていた『必死だったから、耐えられた』っていう言葉、なんとなく理解できた。俺もあの頃は医師になるのに必死で、寂しさを感じている暇すらなかったから。それはそれでよかったんだって昨日の君の話を聞いて思えたよ」

「いいのか悪いのかは……わかりませんけど」

「いいんだよ。きっと故人も、いつまでもくよくよされても困るだろうし、カラ元気でもしっかりやっている姿を見た方が喜ぶだろう」

「ふふふ、そうですよね」

「あぁ、そうだ」

お互い小さく笑いながら、食事を進める。

ゆっくりと時間が過ぎる、穏やかでずっと続いてほしいと思えるような朝だった。

――しかしそうは言っていられない。

さすがに今日は東京に戻らないと、明日から仕事だ。スマートフォンで電車の運行状況を確認すると、始発からは通常運転されていて、ほっとした。

私はチケットを手配したり、荷物を片付けたりしていた。

「あれ？　ない」

ポーチの中に入っているはずの櫛がなく、今朝の行動を思い出してみる。

「あ、さっき洗面台に忘れたのかも」

慌てて取りに行くと、南雲先生が顔を洗っていた。

「すみません、おじゃまして」

「これか？」

タオルで顔を拭き終わった彼が、櫛を持っている。

よかった、やっぱりここにあったんだ。

ほっとした私は、それを受け取ろうと手を伸ばした。しかし前ばかり見ていたせいで、足もとの段差に気がつかなかった。

「はい、そうです。あっ」

「危ないっ」

慌てて抱き留めようとした彼の手が伸びてきたが、私はそのまま彼のもとに突進する勢いで突っ込んだ。それを逞しい腕が抱き留めてくれる。

しかし勢いがありすぎたのか、そのまま南雲先生を押し倒してしまう。

「んっ」

そして次の瞬間、私の唇が彼の唇に重なった。

すぐに身を引いたが、目の前には整った彼の顔がある。驚いたように目を見開いて微動だにしない。

慌てて押し倒した彼から、飛びのいた。さっき触れた唇が熱くて、いや顔全体が熱い。まだ彼の唇の感触が残っている口もとに手を持っていく。

キス……しちゃった。いや正確には事故なんだけど。

どうしても意識してしまって、目をあちこち泳がせる。

南雲先生は体を起こして、じっとこちらを見ている。

「ご、ごめんなさい」

「いや。ケガはないか？」

こんな失敗をしてしまったのに、まだ私を気遣ってくれるなんて。余計に自分のドジが恥ずかしくなる。

「本当にすみません、こんなことするつもりはなかったんです」

恥ずかしさと申し訳なさで、どうしていいかわからない。おろおろしてどうして許してもらおうかと考えてみたけれど、なにも思いつかない。

心臓がドキドキして、顔は火を噴きそうなほど熱い。

「ただの事故にそんなに真剣に謝らなくていいさ。ほら、立って」

彼は私の手首を掴むと立ち上がるのを手伝ってくれた。

「まったく君は、見かけよりもずっとおっちょこちょいだな」

「すみません。おっしゃる通りです」

私ってば、本当に迷惑ばかり。優しい南雲先生じゃなかったら、とっくにあきれて追い出されているわ。

なんとなく気まずい雰囲気に耐えられずに、そうそうに準備を終えた。

タクシーを呼んでもらい、そこで別れると思っていたのに、彼はまたなにか起こすかもしれないからと、駅まで送ってくれるという。

親切で申し訳ないと思う反面、まだもう少し彼といられると思うと素直にうれしかった。

駅に着いたときは、残念に思うくらいだった。

「チケットは持っているか？　時間は大丈夫なんだろうな？」

「ふふふ……お父さんがいたら、こんな感じなんですかね？」

幼すぎて父と過ごした記憶がないので、あくまで想像なのだけれど。

すると彼は顔をしかめた。

「せめて、父親じゃなくて彼氏って言ってほしいな」

「か、彼氏⁉」

一気に意識してしまった、顔が熱くなる。心臓がドキドキしてどうしていいのかわからない。一瞬にして慌てふためく。

そんな私を見た南雲先生は、くくっと口もとに拳をあてて笑っている。

「からかったんですか！　も～」

真に受けてしまって恥ずかしい。こういうことに慣れていないのがバレバレだ。

「すまない。でもどう考えても父親っていうより彼氏の方がぴったりだろう」

「それは……年齢的にはそうでしょうけど」

「年齢だけじゃなくて――いや、なんでもない」

彼がそっと手を差し出した。握手をしようということだろう。

でもその手を取るのを、一瞬ためらってしまった。もしその手を取ってしまったら、彼とはさよならするということだ。

寂しいな……。

楽しかった時間はここまでだ。私はこれまでで一番の笑顔で手を差し出すと、彼の大きい手のひらをぎゅっと握った。

「お世話になりました。お元気で」

「あぁ、君はケガに気をつけて」

「はい！」

返事をした私は、彼からキャリーケースを受け取り元気に改札へ向かった。一度振り返ると、彼が私に気がついて大きく手を振ってくれる。

私もこれ以上ないほど大きく手を振って改札を抜け、素敵な思い出を胸に東京への帰路に就いたのだった。

南雲先生とはもう二度と会うことはないだろうけれど、心を軽くしてくれた彼のことは決して忘れない。笑顔の彼を思い出して、そっと心の中でつぶやいた。「ありがとうございました」と。

「ただいま」

「おかえり〜」

自宅に到着するとソファでスマートフォンを見ていた与人が声だけで返事をした。

「これ、お土産ね」

お土産の定番、温泉まんじゅうを渡す。

「ありがと～」

受け取るとすぐに立ち上がって、お茶を淹れに行ってくれる。最近はときどきこんなふうにお茶を淹れてくれたり家事をしてくれたりする。きっと彼女のいい影響を受けているのだろう。

「はぁ」

旅行はとても楽しかったしリフレッシュになったけれど、自宅は自宅でほっとする。与人が淹れてくれたお茶を飲みつつ当然旅行の話になったのだけれど。

「どうだった、久しぶりの旅行。電車が動かなくて大変だったみたいだけど」

「どうって……」

突然今朝のキスを思い出して、赤面してしまう。

なんで……一番に思い出すのが南雲先生なの？　しかもよりによってキスしたことを思い出すなんて！

景色のいい場所で広いお風呂と美味しいご飯を堪能し、観光だって楽しんだのに。

一番印象に残っているのが彼だなんて。

「顔が赤いけど、どうかした？」

「そ、そうかな？　あ、そうだ。旅行プレゼントしてくれてありがとう、本当に楽しかった」

　指摘が恥ずかしくてなんとかごまかそうと、スマートフォンの写真を見せながら旅行の思い出を与人に聞かせる。

「今度彼女と行ってこようかな」

「そうしなよ、すごく雰囲気がよくて素敵な町だったよ」

　そう言いながら荷物の片付けをしている間、旅の思い出とともに浮かんでくるのは南雲先生の顔だった。

第二章　再会はハプニングとともに

楽しかった休暇を終え、リフレッシュした私は職場であるカフェ『ｒａｉｎ』で忙しくしていた。カウンター五席、ソファ席二卓のそう広くない店だ。

私とオーナーの藤巻《ふじまき》さん、そして彼の妻の三人で店を切り盛りしている。

藤巻さんはほかにも事業をいくつかしていて、完全にここは趣味だと豪語している。やって来るお客様は近所の人や、近くにある会社の人が多い。与人も学生時代から出入りしていて、藤巻さんや常連さんにとてもかわいがってもらっていた。

姉弟ふたりで身を寄せ合って生きてきた。そんな私たちにとって、優しい大人たちは困ったときにとても頼りになった。

私にとっては〝職場〟とひと言で済ませられるような場所ではなかった。

この店の売りは、サイフォンで淹れるコーヒーだ。少し時間がかかるけれど、美味しいと評判なのだ。モーニングやランチには軽食を提供し、コーヒーと一緒にゆっくりとした時間を過ごす人が多い。

自宅以外の落ち着ける場所。それがここｒａｉｎだ。

時刻は十五時。

ランチの忙しさが過ぎて片付けをしながら、カフェタイムの準備をする。今日は近くの洋菓子店のケーキを提供する日だ。

入口の黒板にケーキの種類とうさぎの絵を書き込んで、カウンターに戻る。午後からはそうお客様も多くないし、みんな顔見知りなので、混雑していて少し待たせることになっても笑顔で許してくれる。めぐまれた環境で働けてありがたい。

「美与ちゃん、今日の新作ケーキ美味しそうだよね」

「はい。帰りに買って帰ろうかな。与人が好きそうなので」

「また、弟の話？　ちょっとは自分のことを考えたらいいのに」

藤巻さんがあきれたように笑っている。

「この間、旅行してから少し考え方が変わったように思ったけど、そう簡単に性格は変わらないか」

「私は、今のままでいいと思ってるんですけどね」

藤巻さんが心配して言ってくれているのはわかっているけれど、おっしゃる通りやっぱり自分のことより弟のことを考えてしまう。

「まぁ、そんな美与ちゃんだから、うちは助かってるんだけど。お客さんはみんな君が大好きだからね」

「そう言ってもらえるのがうれしいです。これからももっとがんばりますね」

「あぁ、頼むよ」

ポンと背中を叩いた藤巻さんは、休憩のために二階の事務所に向かった。

そんな穏やかな昼下がりだが、今日は特別な日でもあった。実は常連さんの老夫婦が、娘さんの住む大阪へ引っ越しをするので、お別れに来てくれるのだ。

ご事情があるのはわかっているけれど、なかなか会えなくなってしまうのは寂しい。

今か今かと待ちわびていたところ、ひとりの男性がやって来た。

「いらっしゃいま……せ」

私は驚きのあまり、その場で目を見開いて固まってしまった。相手も顔をこちらに向けて、入口で目を軽く見開いて立ち止まる。

「どうして」

「いや、あの」

その男性、南雲先生も驚いて、言葉が続かないようだ。

ただ、お客様をいつまでも立たせておくわけにはいかない。

「予約席以外ならどこに座っていただいても結構です。カウンターとソファ席がありますが、どちらになさいますか？」

「じゃあ、カウンターで」

彼は奥から二番目の椅子に座って、店内をぐるりと見渡している。お水とおしぼりを出すと、手を拭いてからひと口飲んだ。

「メニューはこちらをどうぞ」

私は最低限の接客をして、とりあえず少し距離を取った。

それはドキドキしている自分の心臓を落ち着けるためと、彼の様子を見るためだ。

席に案内したものの、もしかしたら気まずくて帰りたいと思っていたらどうしようか。

せっかくゆっくりできる時間に、事故でキスしてしまった相手がいたなんて、嫌な気持ちにならないだろうか。

グラスを必要以上に磨きつつ、気にしないようにしながら気にする。

「すみません」

南雲先生の声に、ビクッと肩を揺らした。

「ひゃいっ！」

必死になって平静を装っていたのに、声が盛大に裏返ってしまった。これ以上ないほど恥ずかしい。

「ごほんっ、ご注文ですね」

私は取り繕って注文を聞く。

「オムライスと、本日のコーヒーを」

「はい。かしこまりました。少々お待ちください」

「あっ、それと」

オーダーを端末に入力していた私は、顔を上げた。

「足はもう平気か？」

「はい。おかげさまで。もうどこにでも行けます」

「それはよかった」

あぁ、あの日見た笑顔と変わらなくて安心する。私との再会を気まずく思っていないことが知れてほっとした。

事故とはいえ、キスした相手だ。会いたくないと思われても仕方がない。

私はキッチンに向かって準備をはじめた。その間も南雲先生を気にしてしまう。失敗したらどうしようかと思っていたけれど、さすがに何年も作っているので体が覚えていていつも通りだ。

チキンライスを卵で包んだシンプルなオムライスがこの店の売りだ。比較的待たせない料理でよかった。

「お待たせしました。コーヒーは食後にお持ちします」

「ありがとう」

　南雲先生の様子をうかがう。問題なく食べているのを見てほっとする。

「うまかったよ」

　あっという間に空になったお皿を下げて、サイフォンで食後のコーヒーを用意する。

「すみません、お待たせしてしまって。基本的にひとりで切り盛りしているので」

　はじめてのお客様は驚くかもしれない。どちらかというとお客様が店に合わせるスタイルは今どき珍しい。

「いいや、用事があるわけじゃないし。こうやって眺めているのもなかなか楽しい」

「サイフォン好きなんです。はじめて見たとき理科の実験みたいだなって思って」

「なるほど、なんだかわかる気がする」

「わかってもらって、よかったです」

　再会後のぎこちなさがなくなってほっとする。

「職場の人に『コーヒーのうまい店がある』って聞いて来てみたら、君がいて驚いた」

「私もびっくりしました。職場はこの近くなんですか」

「まぁ、そう遠くない。家の方が近いかな」

この近くにある病院って、もしかして与人と同じ病院なんじゃ……まさかね。この辺りはいくつか大きな病院があるし。

「今日はお休みなんですか？」

「仕事帰りになるのかな……ジムに寄って帰る途中。定時なんてあってないようなものだから」

「聞いてるだけで大変そうです」

医師の激務は弟から聞いている。研修医の与人は、帰宅後疲れ切ってよくソファで寝落ちしている。きっともっと過酷な仕事をしているはずなのに、ジムなんて。

おしゃべりをしていると、コーヒーができあがった。

「ブラックで大丈夫だから」

「はい。かしこまりました」

前もって言ってもらえてありがたい。

カウンターからコーヒーを渡すと、彼はカップを持ち上げてまずは大きく息を吸い込んだ。

「いい匂いだ」

顔をほころばせてから、ひと口飲んだ。

「うまいな。期待してきたかいがあった」

「よかった！　そう言ってもらえるのがなによりもうれしいです」

私の仕事におけるやりがいのひとつだ。藤巻さんがこの店をしているのも美味しいコーヒーを多くの人に飲んでほしいという理由から。だからコーヒーの淹れ方だけは厳しく指導された。

ほっとした私を見た南雲先生は、ふっと顔を曇らせた。

「失礼なことを言うようだけど、顔色が悪いように思うが」

「そうですか？　元気ですよ、ただ少し疲れているのかもしれません」

笑顔を浮かべたはいいものの、実は三日前からずっとお腹が痛いのだ。すぐに治るだろうと思っていたけれど、日に日に痛みは強くなっている。明日が休みだから、病院に行く予定にしてあったのだけれど。それをお客様に心配させるのは、接客業失格だ。

「ならいいが。無理はしないように」

「はい。わかりました、南雲先生」

足のときも思ったが、本当に心配性だと思う。医者の職業病みたいなものなのだろうか。そんな会話をしている間も、腹部の痛みを感じていた。

「今日は、大事なお客様がみえるんです。だからがんばらなきゃ」

「大事なお客様？」

「あっ、お客様はみんな大事ですよ。でも遠くに引っ越しされるご夫婦がお別れに来てくれるんです」

「なるほど」

「極力気をつけますが、少し騒がしくなったらごめんなさい」

「いや、かまわないよ。俺のことは気にしないで」

そんなやり取りをしていると、入口のドアが開いて老夫婦がゆっくりと入ってきた。

「美与ちゃん、来たよ」

「田中《たなか》さん、いらっしゃいませ。いつもの席、ご準備してますよ」

私はカウンターから入口に声をかけると、おふたりは窓際の予約の札を立てていた席に向かう。いつも通り奥様を奥に座らせ、ご主人はその隣に座る。それからおふたりは、必ずひとつのメニューを一緒に眺めるのだ。

「いらっしゃいませ。ご注文はいつものでよろしいですか？」

「うん、コーヒーふたつとそれとパンケーキセットひとつね」

「かしこまりました。あの……いつも以上に心を込めて焼きます」

「あら！　楽しみだわ。たしか美与ちゃんのパンケーキをはじめて食べたのは、あなたがまだ高校生だったときかしら？」

奥様がうれしそうに笑ってくれる。

「そうです。すっごく時間がかかったのに、いいよいいよって言ってくださって」

「待ったおかげですごく美味しいのが食べられたの、今でも覚えてるわ」

「そんな……でも田中さんたちのおかげで私のパンケーキを焼く腕すごく上達したんですよ。今日は特別美味しいのをご提供します」

「楽しみだな」

オーダーをとってカウンターに戻ると、南雲先生はコーヒーを飲みながら本を読んでいた。

私は田中夫婦のコーヒーとパンケーキを作る。

食べてもらうのが最後になると思うと、ものすごく寂しい。私はずっとこうやってお客様に育ててもらったのだと実感する。

熱した鉄のフライパンを、一度濡れ布巾の上で冷ましてからパンケーキのタネをゆっくりと流す。綺麗な円形になるように注意をする。

店のパンケーキはふっくらしたものではなく、昔ながらの薄いものだ。それを四枚重ねる。

最初は大きさを揃えるのも苦労したな。

何度か手に小さなやけどをしながら、練習を重ねたのを思い出す。

セットしていたサイフォンのコーヒーも、ちょうどよいタイミングでできあがりそうだ。コーヒーの粉をまぜて、落ちてくるのを待つ間にパンケーキを仕上げた。

できあがったコーヒーとパンケーキをテーブルに運ぶ。

「おぉ、これは綺麗に焼けたね」

「心を込めたので。いつも通り、食べやすいようにお切りしていいですか？」

「待って、写真を撮って孫に見せるわ」

奥様が写真を撮るのを待って、切り分ける。

「手がね不自由になって、できないことが増えたけど。ここに来たらこうやって美与ちゃんがかいがいしく世話を焼いてくれるから、ついつい甘えちゃうわ」

「甘えているのは、私の方ですよ。ずっと弟と一緒にかわいがっていただいて。あの子なんかお年玉までいただいて」

「そうね、今では立派なお医者様だなんて、美与ちゃんもがんばったわね」

立派……南雲先生の前だとちょっと恥ずかしい。

「まだ研修医ですけど、がんばってます。今日お会いできないの残念がっていました」

「いいのよ。若い人は忙しくしてるのが一番だから」

「はい。ゆっくりなさってくださいね」

ふたりはここで思い出を話しながら、ゆっくりと時間を過ごすのだろう。

「コーヒー、お代わりもらってもいい？」

「はい。すぐに」

南雲先生も読書がはかどっているようだ。彼にとってもほっとできる場所のひとつになればいいなと思い、丁寧にコーヒーを淹れた。

一時間ほど過ごしてから店を出る田中夫婦を、事務所から降りてきた藤巻さんと見送る。大きく手を振る私たちを何度も振り返ってくれ、そのたびに手を振り返してくれた。

「寂しいな」

「そうだな」

ふたりで店内に戻ると、南雲先生は読書を続けていた。

「コーヒー豆の発注って済ませたっけ？」

「午後からするって、オーナーが自分で言ってましたけど」

「そうだったか？　忘れてたな」

いつも通りの気の抜けた会話をしていると、急に腹部の痛みが激しくなってきた。

店の奥にある事務所に藤巻さんが向かった後、カウンターの中にある椅子に座って深呼吸をする。

バッグの中の痛み止めを飲んだ。とりあえず様子を見るしかない。今日は十八時までの予定だ。それまでなんとか耐えたい。

そう思っていたものの、すぐに薬が効くはずもなく、痛みのせいで脂汗が額に浮かんだ。

これは……本当にダメかもしれない。

「一ノ瀬さん。顔色がひどい、大丈夫か？」

「は、はい」

顔を上げると南雲先生が、カウンターの向こうから心配そうにこちらを見ていた。

「お会計ですね」

立ち上がり数歩歩いた。カウンターから出た瞬間に、立ち眩みがした。

あ、ダメかも。

「危ないっ」

倒れてしまうと思った瞬間、南雲先生に支えられていた。

「つっ……」

痛みがすごく、立っていられそうにない。

「汗がすごい。どこか痛むのか？」

「お、お腹が」

「触るぞ」

私が返事をする前に、南雲先生が位置をずらしながら触れていく。

「痛いっ」

私が痛みを訴えると、彼はすぐに手を放した。

「いつから症状があったんだ？」

「三日くらい前です」

そんなやり取りをしていると、事務所から藤巻さんが出てきた。

「美与ちゃん、騒がしいけどどうかしたのかい？」

ゆっくり出てきた藤巻さんが状況を見て、慌てて駆け寄ってきた。

「先ほど急に苦しみだして。彼女、病院に連れていきますがよろしいでしょうか？」

「もちろんです。だが、あなたは？」

ただのお客様が、ここまで親身になることはないだろう。

「彼女の知り合いで、医師です」

「美与ちゃん、そうなの？」

私は小さくうなずいた。

「おふたりには、ご、ごめいわくを」

痛みの波が引いた瞬間に立ち上がろうとするが、止められて南雲先生に抱きかかえられる。

「迷惑なんかじゃないから、気にするな」

私を抱えながら、スマートフォンを取り出すとどこかに電話をしはじめた。

「南雲です。西岡《にしおか》はまだそっちにいるか？」

南雲先生はじれた様子で、スマートフォンを持っている。その間も断続的に押し寄せてくる痛みに顔をゆがめる。

「南雲だ。まだ帰らないでくれ。これからひとり患者を運ぶ。二十代女性、右下腹部に強い痛みあり。アッペのおそれ。受け入れ態勢を整えておいてくれ」

私の状況を伝えると、すぐにそのまま抱きかかえた。

「食事代を――」

「そんなのはかまいません。美与ちゃんをよろしくお願いします」

藤巻さんはそう言うと、私のバッグを持ってきて南雲先生に渡した。そのときの私は、痛みのために目を開けるのもやっとで、心の中でみんなに謝りながら、必死に南雲先生に掴まっていた。

「車で来てるから、ここからだと十分あれば着く。もう少しだからがんばるんだ」

私はうんうんとうなずくしかできない。

「大丈夫、俺がついてるから」

その言葉が、今の私にはなによりも心強かった。

職員用の駐車場に車を停めた南雲先生は、そのまま私を抱えて正面玄関を突破する。その頃になると、痛みがマックスで状況を把握できない私は、彼に身を預けたままだ。

「西岡、いるか？」

「いるわよ。珍しいわね、南雲先生がそんなに慌てるなんて」

会話が聞こえてきて、閉じていた目を開ける。

「すぐにみてくれ。症状は三日前から出ていたらしい」

「南雲先生が診察したなら、ほぼ確定でしょ？　腹部レントゲンオーダーして。そして南雲先生は患者さんをベッドに。そんなに大事そうに抱えていたら診察できないわ」

「あぁ、すまない」

私はゆっくりベッドに寝かされた。その瞬間、南雲先生の顎から汗が落ちてきた。

「悪い」

頬に落ちた汗を彼が拭う。こんなに汗だくになってまで、私をここに運んでくれた。申し訳なさと、ありがたさで泣きたくなる。

こんなにたくさんの人に迷惑をかけてしまって……。情けない。

「診察はじめますね。ほら、関係ない人たちは出て」

「俺は医者だ」

「消化器は専門外でしょ。あなたの専門は脳外科のはず。親族でもないわよね」

「あぁ……わかった」

彼は外に出る前に、私の近くまで来て「がんばって」と言ってからカーテンの外に出ていった。

「じゃあ、はじめるわね。洋服をめくるわよ」

きちんと説明しながら診察してくれるけれど、正直判断できる状況ではないのでされるがままだ。南雲先生と同じように、私の腹部をゆっくりと押していく。

「……っう」

思わず顔をゆがめる。

「おそらくアッペ、急性の虫垂炎だと思うわ。レントゲンの準備ができているはずだから撮りに行きましょう」

私は車いすに乗せてもらい、看護師さんに連れられレントゲンの撮影に向かった。

診察室前で車いすに乗ったまま呼ばれるのを待っていると、背後から「姉ちゃん！」という声が聞こえてきた。それとほぼ同時に与人の顔がドアップで私に迫ってくる。

「ど……うして」

「藤巻さんから連絡をもらったんだ。そしたら、うちの病院に運ばれたって言うから」

あぁ、そうだったんだ。まさか運び込まれたのが与人の勤務先だったなんて。

「一緒に説明を聞くから、安心して」

今の自分にはまともな判断ができると思えない。与人がいてくれてほっとする。

そのせいか私は説明の後、病室に移動し痛み止めの点滴をしてもらうとそのまま眠りについた。

　それから四日後、受けた手術の経過は良好で翌日に退院の許可が下りた。まだ違和感はあるものの、あの日の耐えきれないほどの痛みはなく日常生活を送れるくらいには回復している。

　今は与人に持ってきてもらった本を、ゆっくりと読んでいるところだ。

　今回は無理をしていろいろな人に迷惑をかけてしまった。とくに一番に謝罪をしたいのは、南雲先生だ。ゆっくりと過ごすためにｒａｉｎに来たのに、私を病院まで運ぶはめになるなんて。

　お礼とお詫びをしたいけれど、連絡先も知らない。最終手段は与人に伝言を頼むしかない。

　明日には退院をするから、どうにかしたいんだけれど。忙しい彼を煩わせたくない。

　悶々としていたところ、ノックの音が響いて与人が顔を出した。

「姉ちゃん。これ頼まれていたバッグ。退院のときに使うだろ？」

「うん、ありがとう。助かった」

　私が体を起こすと、与人はベッドの隣にあるパイプ椅子に座った。

「暇してない？　こんなにゆっくりするのっていつぶり？」

「この間、できた弟が温泉旅行をプレゼントしてくれたから、そんなに前じゃないわ」

「そっか、そうだったね。まぁでも神様がゆっくりしろってくれた休暇みたいなもんだから、体をしっかり休めて。家に帰っても家事はしないこと。いい？」

「わかった。お医者様の言う通りにします」

「よろしい」

偉そうにしている与人を見て、あきれる。その後お互いの顔を見合わせくすくすと笑った。

「ところで、姉ちゃん。南雲先生とはどこで知り合ったの？　藤巻さんがさ、ふたりは知り合いみたいだったって言うんだ」

「どこって……」

「ｒａｉｎのお客さん？　俺がいろんな人におすすめしたから、情報が伝わったのかな」

店に来たのは、職場でコーヒーが美味しいと聞いたからだと言っていた。

「たしかそんな話をしていたわ。でもまさか与人と勤務先が一緒だったなんて」

弟が勤めるのは『青葉台中央病院《あおばだいちゅうおうびょういん》』。この辺りでは大学病院に次ぎ大きい総合病院で、地域の住民の健康を担っている。

そして南雲先生は、最年少の外科部長に今年就任した若き脳外科のエースだという。

「南雲先生は本当にすごい人なんだ。知識も豊富だけど、一番はその手術のスピード。ほかの人の半分の時間で終わることもざらだ。この間は安全で新しい術式を学会で発表して、瞬く間に業界に広まったんだ」

目を輝かせ、興奮状態で話をしている様子からは、南雲先生を尊敬していることが伝わってくる。

「与人は外科志望なの？」

「いいや、内科だけど。今は各科を順番に回って研修を受けているところ。脳外科で南雲先生の下についた後、真剣に外科志望に変えようとかと思うくらいすごい人だった」

「そんなに……すごい人なのね」

人の人生に影響を与えるくらいの人物はそうそういない。

その後も与人は、南雲先生の自慢話を延々と姉である私に聞かせてくれる。話が一段落し、私は南雲先生にあらためてお礼を言いたいと与人に伝えた。

「わかった。忙しい人だから姉ちゃんが直接言うのは難しいかもしれないけど、俺から言っておくから」

「お願いね」

お礼を言うために時間を取ってもらうなんて、相手に迷惑だろう。でも気持ちだけは伝えたい。

ノックの音がして男性の看護師さんが入ってきた。

「おぉ、一ノ瀬先生。こんなところで油売ってるなんて」

「加藤《かとう》、純粋に姉のお見舞いだよ。おかげさまで明日退院できるようになった。ありがとう」

どうやら顔見知りのようで、与人は笑顔で会話をしている。

「いつも弟がお世話になっております……あっ、今は私もお世話になっています」

「ははは、患者さんなんであたり前ですよ。大変聞き分けのよい患者さんでこちらも助かってます」

「加藤は同時期に入職したんだ。職種は違うけど気が合って仲良くしてる」

紹介してくれた後のやり取りを見ても、普段から親交があるのが伝わってきた。

検温の結果や、食事を取れたかなどヒアリングをした後、加藤さんも雑談に加わった。

「いや一ノ瀬のお姉さん、綺麗な人だって聞いてたんですけど、本当だったんですね」

「お世辞言わなくていいよ」

与人は笑いながら加藤さんの腕を軽く叩いた。

「なんだよ、ｒａｉｎに行った人が騒いでたんだ。うそじゃない」

与人の言葉に加藤さんが反論している。

「お世辞でもうれしいです。ありがとうございます」

そうは言ったものの、気まずくて目をあちこち泳がせてしまう。

自分がとりたてて美人ではないことも、流行に敏感でないことも理解している。

「会えなくなるの寂しいので、俺もコーヒー飲みに行っていいですか？」

「もちろんです、ぜひお待ちしてます！」

コーヒーを淹れるのは自信がある。ぜひ飲んでもらいたい。

「コーヒー飲む前に、仕事をさっさと終わらせるのが先じゃないのか。加藤」

「ひっ、南雲先生！」

冗談でもなんでもなく加藤さんが飛び跳ねた。そしておそるおそる振り向いた後、ものすごく小さくなっている。

「い、一ノ瀬さん、お大事に」

「はい、ありがとうございます」

南雲先生の登場で顔を引きつらせた加藤さんは、私に声をかけると仕事に戻っていった。

「ぼ、僕は。勤務中ではないので」

「わかってる。私服だろ、それ」

なぜだか私のお見舞いに来ていただけの与人まで慌てている。

「明日、退院だって聞いたから。様子を見に来た」

私は姿勢を正して、頭を下げた。

「おかげさまですっかりよくなりました。ありがとうございます」

「顔色もずいぶんよくなったな」

「はい。本来なら私からお礼に伺わないといけないのにわざわざ来ていただいて」

私の言葉にわずかに顔を背け、前髪をかき上げた。

「わざわざっていうほどじゃない。ここで働いているんだから」

「それでも、感謝しているんです。二度も助けていただいて……必ずお礼をさせてください」

「二度？」

私の言葉に与人はひっかかったようだ。そういえば、旅行のときに出会ったとは伝えていなかった。どうしよう……でも南雲先生の家に泊まったなんて言ったら、関係性を怪しまれて彼に迷惑がかかってしまう。

「一ノ瀬、お前そろそろ向かった方がいいんじゃないか？ 午後のカンファの準備完璧なんだろうな？」

「え、午後、あっ！ 悪い姉ちゃん。俺、もう行くわ」

「その様子だと、忘れていただろ」

「いいえ。決して、決してそういうわけではないんです……けど」

どんどんしどろもどろになっている。最後は脱兎のごとく逃げるようにして退室していった。

「すみません、あの子ったら……もう」

そういえば、南雲先生には与人が優秀だとさんざん自慢したのに、これではうそになってしまう。

でも、まさか同じ職場で働いているなんて思わないじゃない。そもそも南雲先生も現在は東京に住んでいるなんて。

偶然が偶然を呼んだとしか思えない。

気まずいことこの上ない。

「あの子、あんな調子で大丈夫なんでしょうか」

思わず首を傾げながら、ため息をついた。

「研修医なんて注意されるのが仕事みたいなもんだからな。ただ一ノ瀬の場合は医師以外の患者さんや看護師からの言葉もちゃんと受け止める素直さがある。きっといい医師になるはずだ」

出ていった方を見ながら、与人の話をしている。それを聞いてほっとした。

「南雲先生にそう言われたら、安心できました。うれしいな」

「自分のことみたいに喜ぶんだな」

彼があきれたように笑う。

「自分が褒められるよりもうれしいかもしれません」

研修医の身で、一人前になるまでは遠い道のりだ。しかし私にとっては、自慢の弟なのだ。褒めてもらえるとやっぱりうれしい。

「君も患者としては優秀みたいだな」

「これ以上、周りに迷惑はかけられませんから」

「そうだな、君のあんな苦しむ姿はもう見たくないかな」

苦笑いを浮かべている、南雲先生に申し訳ない思いでいっぱいだ。

「なんだかいつも迷惑ばかりかけてしまって。情けないです」

「そんなことないさ。おかげで刺激的な経験ができている」

う……そんな感謝されても困る。

「とにかく、絶対お礼はさせてください」

「気にしないでいいと言うべきなんだろうけれど、それじゃ君が納得できないんだろう？」

私がうなずくと、彼はくすっと笑った。

この間出会ったばかりなのに、彼は私をよく理解していると思う。

「じゃあこうしよう。またお店に行くから美味しいコーヒーを淹れてくれ」

「そんなことでいいんですか？」

「あぁ。あのコーヒーの味、気に入った」

「うれしいです。ほかの人に淹れるときよりもこっそり気持ちを込めます」

私がガッツポーズをしてみせると、彼ははははと笑った。

「加藤よりもうまいのを頼む」

「もちろんです。南雲先生は恩人なんですから！」

誰よりも心を込めて丁寧に。本当はお客様に差をつけてはいけないと思うけれど、こっそりだから許してほしい。

「……君の連絡先を聞いてもいいだろうか？」

「え⁉　はい、もちろんです」

驚いて変な声をあげてしまった。このくらいのことで動揺してどうするの？　きっと深い意味なんてない。きっと。

「君のいるときに店に行きたいから。気持ちのこもったうまいコーヒーが飲めるんだろう？」

そ、そうだよね。美味しいコーヒーが飲みたいって話だよね。変な勘違いするところだった。危ない危ない。

「もちろんです！　お待ちしています」

私はベッドサイドに置いてあったスマートフォンを手に取ると、連絡先を交換した。

「じゃあ、今日一日ゆっくり過ごして。お大事に」

「はい。ありがとうございます」

部屋を出て扉が完全に閉まるまで彼を見送る。ゆっくりと閉まっていく扉の隙間から、南雲先生が白衣を翻して歩いている姿が見えた。

「はぁ」

彼が去っていった後、スマートフォンを眺める。さっきまでとなにも変わらないはずなのに、なんとなくじっと見つめてしまう。なぜか特別に思えるのが自分でも不思議だ。

なんだかうれしくてじっとしていられず、かといって動き回るわけにもいかず……ベッドの上で右に左に体を揺らして気持ちを静めた。

翌日、朝食を食べて主治医の西岡先生の診察を受けていた。

「うん、顔色もいいし。元気そうね、いい感じ。退院して問題ないでしょう」

聴診器をはずしながら、西岡先生はにっこりとほほ笑んだ。

「よかった。先生、お世話になりました」

「次回の通院予約を取っておいてね。薬はもう受け取った？」

「昨日の夜、薬剤師さんが説明に来てくださいました」

うんうんとうなずいている。

西岡先生は消化器外科が担当で南雲先生と同期だと聞いた。与人の話では、南雲先生の陰に隠れがちだが、知識も医術も一流でそのうえ美人なのでファンが多い。

たしかにキリッとして知的な美人という表現がぴったりだ。患者の立場の私から見て、今の私の体の状況をしっかりとわかりやすく説明してくれるので、安心して治療に専念できた。ファンが多いのもうなずける。

「気になることがあれば、放置せずに受診してね」

「はい。ありがとうございました」

私が頭を下げたときに、ノックの音が聞こえた。

「はい」

西岡先生が返事をするとすぐに扉が開いた。

「あ、悪い。診察中か」

「ううん、もう終わったわ。でも南雲先生がどうしてここに？」

「ちょっと、野暮用」

「ふ〜ん、じゃあ私は行くから。お大事にね」

「ありがとうございました」

私の声に、手を振りながら西岡先生が病室を後にして、南雲先生とふたりきりになった。

「退院、おめでとう」

「ありがとうございます。ほっとしました」

「西岡は腕も知識も一流だから、安心するといい」

南雲先生も信頼する先生だと聞いて、ラッキーだったと思う。

白衣のポケットに手を突っ込んだままの南雲先生は、私からわずかに視線をはずして口を開いた。

「一ノ瀬から聞いたんだが、今日はひとりで帰るんだろう？」

「はい。弟にはわざわざ休まないでいいよって言ったんです。必ずタクシーを使うように言われたんですけどね」

自宅近くまではバスもある。与人になにも言われなければ利用していた。

「それなら俺が自宅近くまで送っていく」

「え、いえ……」

送っていくって、南雲先生が？　どうして？

「俺も、ちょうどあがりだから。一時間後に迎えに来る。準備しておいて」

断ろうとしたけれど、すでに彼は病室を出ていっていた。

「うそ……でしょう」

絶対に断らなければいけない場面だったはずだ。これまでも散々迷惑をかけてきたのにこれ以上なんて……。それなのに、できなかった。追いかけるべきだった。でも、できなかった。

後悔とともに胸にあるのは、南雲先生との時間ができたというわくわくとした気持ちだった。

心配してわざわざ来てくれたのに、不謹慎だと自分でも思う。

でも気持ちがどうにも抑えられず、なんとか表情に出さないようにするのが精いっぱいだった。

それからきっちり一時間後。

南雲先生は宣言した時間ぴったりに病室に現れた。

「本当に送っていただいてもいいんですか？」

「乗りかかった船だ。最後まで見届けたい」

「私はとてもありがたいんですけど、でも――」

「ありがたいなら、そのまま素直に厚意を受け取ってくれるだけでいい。行くぞ」

ベッドの上に置いてあったボストンバッグを持つと、南雲先生はすでに歩きだしていた。いつかのキャリーケースのときと一緒だ。

そして私が少し先を歩く彼の背中を追いかけるのもまた同じ。

そんなに遠い昔のことではないのに、なぜだかすごくなつかしく思えた。

ナースステーションには先に挨拶に行っていたが、前を通過するときになにも言わないわけにもいかず「お世話になりました」と声をかけた。「お大事に」と返事はあったが、私の荷物を持って先を歩く南雲先生を見てみんな一様に驚いていた。

それは……そうだよね。

私と与人が家族だというのはみんな知っている。ところが与人ではなく南雲先生が私と一緒にいるのを見てびっくりしているのだ。

わかるわ。だって私自身も驚いているんだもの。

南雲先生本人はまったく気にも留めずにスタスタと歩いているが、自分がどんなふうに見られるか考えないのだろうか。

明日からもここで働くのだから、私よりも気にした方がいいと思うのだけれど。

私の体を気遣って、ときどき振り向いてゆっくり歩いてくれる。

「大丈夫か？」

「はい。平気です」

隣を通った女性の看護師さんが、ちらっと私たちを見た。

うう っ……なんだかいたたまれない。

エレベーターに乗った瞬間、ほっとした。

「一ノ瀬には、君を送り届ける話はしてあるから」

「あ、はい」

与人が心配していたとさっき言ったから、わざわざ伝えてくれたようだ。

「南雲先生、細やかな気遣いありがとうございます」

感心すると同時に、これは全力でお礼をしなければならないと固く決意する。

「気にしなくていい、ちょうど仕事終わりだ」

南雲先生のような忙しい医師にとって、自由な時間がどれほど貴重なものなのか理解しているつもりだ。

「でも――」

「〝でも〟はなし。俺が君を送っていくと決めたんだから素直に甘えなさい。病み上がりなんだから無理をしてはいけない」

「はい……ふふふ」

「なにがおかしいんだ」

「いいえ、仕事が終わってもお医者様っぽいなって思って」

医師なのだからあたり前なのだけれど、仕事以外の時間でも患者の体を心配している。

「そんなつもりはなかったんだが」

彼はなんとなくばつが悪そうに、髪をかき上げて、車のエンジンをかけた。

南雲先生の車に乗せられて、自宅に送ってもらう。

「食事は？」

「家に……なにもないかもしれません、ね」

与人はほとんど家事をしないから、私が家にいない間きっと外食続きのはず。おそらく冷蔵庫は悲惨な状況だろう。

「じゃあ、君が大丈夫なら退院祝いに食事に行こうか」

「そんな……本当にこれ以上は」

「じゃあ、言い方を変えようか。食事、付き合ってくれないか？」

車を運転しながら、ちらっとだけこちらを見る。ちょっと口角を上げて笑っている。

「そんな言い方、ずるいです」

「大人だからな、それなりに」

小さくのどの奥で笑っている。こんな誘われ方されたら断れないし、そもそも申し訳ないとは思っているけれど、心のどこかで断りたくないという思いもある。

もしかしてそれを見透かされてしまったのかもしれない。

「ぜひ、お供させてください」

「お供って……ははは」

ぷっと噴き出して、笑っている。

あっ……またこの笑い方だ。

普段は仏頂面まではいかなくても、感情が顔に出るタイプの人ではない。だからこそ彼の笑顔はいつも頭の中に強く焼き付く。

「そんな変な言い方でしたか？」

「いや、新鮮だっただけ。じゃあ、和食にしようかな？」

車内に方向指示器のカチカチという音が聞こえた後、彼はハンドルを切った。


彼に案内されたのは、小料理店だ。夜が営業のメインなのだろうが、週に三日だけランチ営業をしているようだ。入口には信楽焼の睡蓮鉢と盛り塩がある。清潔な印象だ。

えんじ色の暖簾をくぐると、着物の上に割烹着を着た女性が「いらっしゃいませ」

と言って迎えてくれる。カウンターの中からもよく通る気持ちのいい声だ。

「ふたりです」

「こちらにどうぞ」

カウンターの奥に座るように言われて、南雲先生と並んで座る。

「こちら、ランチのメニューになります」

渡された和紙に筆で書かれているメニューを見る。流れるような綺麗な字に感心する。

「基本的には普通の食事でいいけど、なるべく消化のいいものを食べるように」

「はい、先生」

「悪い。わかってるだろうけど、なんとなく」

「職業病ですか？　でも、ありがたいですよ。南雲先生はいつもなにを召し上がるんですか？」

彼の顔を見るとちょっと困ったような顔をした。

「いつも考えるのが面倒で、日替わりにしている。なに食べてもうまいからな」

「なるほど……」

飲食店に勤務している身として、ジャンルが違うとはいえメニューはすごく気になる。

「だし巻き卵定食にします。すごく美味しそう！」

「俺は、いつもの日替わりで。お願いします」

カウンターの中で聞いていた女将さんが、「かしこまりました」とにっこりとほほ笑んだ。

出してくれたお茶を飲むと、ほっとした。五日間病院にいたので、ちょっと解放された気持ちになる。

カウンターの中で忙しく動いている女将さんは、準備していた小鉢をトレイに並べている。手際のよさは見習わないといけない。

「こうやって見てると、自分の動きには無駄が多いなって思いますね」

「そんなふうに見るのは、君の職業病だな」

さっき私が南雲先生に言った言葉が返ってきた。

「ふふふ、おっしゃる通りです。お互い仕事から離れられませんね」

「まぁ、そうだな。でもそれを含めて君だから。いいんじゃないのか？」

「そういうものですか？」

「そういうもんだろ」

納得したようなしていないような。でもそのくらいでいいのかもしれない。

それから料理がくるまで、本当に他愛のない話を続けた。

「おまちどうさまでした」

トレイがふたりの前に並ぶ。

「わぁ、美味しそう！」

出来立ての大きなだし巻き卵の上には、これでもかというくらいいくらがのっている。

「こんな豪華だなんて、予想外でした」

湯気が上がる真っ白いご飯も、たくさん並ぶ小鉢もどれも美味しそうで食欲をそそる。

「よかった。やっぱり病院食は味気ないからな。しっかり食べて元気出して」

「はい、いただきます」

さっそくだし巻き卵に手を付けた。ふわふわの卵をお箸で割るとじゅわっと出汁が滲み出て、上にのっていたいくらがお皿の上に零れ落ちる。やわらかいので、ひと口サイズにしてからご飯の上にのせて口に運ぶ。

「ん～美味しい。幸せ」

出汁の旨味が口の中に広がる。やわらかい卵がとろけるようだ。

「喜んでもらえてよかった。連れてきたかいがある」

南雲先生も、お箸を持って食べはじめた。

彼の注文した日替わり定食もすごく豪華だ。和風おろしハンバーグに、鯛の和風マリネ。小鉢は私のと同じものが並んでいる。

マリネのトマトから食べている。そういえばこの間もオムライスに添えていたミニトマトから食べていた。きっとトマトが好きなんだろう。

新しい発見をしてうれしくなる。

うきうきしたまま、食事を進める。小鉢のおばんざいも、お味噌汁もとても美味しい。

「お味噌、白味噌の割合が多いの珍しいですね」

「そうなの、気づいてくれてうれしいわ」

気のいい女将さんは、ほかのお客様とも会話をしながら手際よく調理している。学ぶことが多く、思わず手が止まる。

「ほら、よく噛んでしっかり食べて」

「あっ……はい。すみません」

すかさず横から注意される。私は言われた通り、いつもよりもよく噛むことを意識して食事を楽しんだ。

食後にわらび餅と温かいほうじ茶を出され、ゆっくり食べる。

「南雲先生って、美味しいお店たくさんご存じなんですね」

「そうか？　まぁ、自炊よりも外で食べた方がうまくて早いから。気分転換にもなるし」

「うちのお店にも近いうちに絶対に来てくださいね。お礼しますから」

「礼は必要ないって言っても、君は聞かなそうだな」

笑いながら顔を覗かれた。

「そこは譲れません」

「わかった。楽しみにしておく。まずはゆっくりしてしっかり体を治して」

「はい」

私が素直にうなずくと、南雲先生も納得したようにうなずいた。

食事が終わると、南雲先生は家まで私を送ってくれる。車内でも私の体調を心配していた。

彼が医師というのもあるだろうけれど、きっともともとよく気がつく優しい人なのだと思う。普段周りを心配することの方が多い私は、戸惑うと同時にうれしくもある。

車内でも会話が弾むわけではないが、彼が醸し出す落ち着いた雰囲気が心地よい。言葉は少なくても、私の言葉にも視線や表情でいろいろなことを伝えてくれた。

一緒にいればいるほど魅力的な人だと感じる。尊敬できる医師であることはもちろん、人間としての気遣いや身のこなしなど、心惹かれるポイントがいくつもあった。

ふたりきりの時間はあっという間に過ぎて、車は自宅前に停まった。

「ありがとうございました」

私が声をかけると「ん」と短く返事をした彼は、車を降りて助手席に回りドアを開けてくれた。こういう紳士的な振る舞いに慣れていなくて、ドギマギする。後部座席からボストンバッグを出して玄関先まで持ってくれた。

「おかげさまで助かりました」

彼の顔を見上げて伝える。ここでお別れだと思うとちょっと寂しい。だからといって、家に上がってもらってお茶を振る舞うなんて大それたことは、私にはできそうにない。

「何度もしつこいかもしれないが、数日はしっかり家でも休んで。弟の世話なんか、間違ってもするんじゃないぞ」

「ふふ……はい。わかりました。南雲先生」

私の言葉に納得した彼は、口角を少しだけ上げて笑っていた。けれどすぐに表情が変わって、じっと私の顔を見つめてきた。

え、なに、これ。

ちょっとずつ距離が近づいてきている？　いや、見つめられてドキドキしすぎて思考回路がめちゃくちゃになっているから、そんなふうに感じるのかもしれない。

勘違いだったら死ぬほど恥ずかしい。だけど、どうしてそんなに私をじっと見るの？

もちろん「見るのやめてください」なんて言えるわけもないし。

これ以上目を開けていられない。ぎゅっと目をつむった瞬間に、頬になにかが触れて目を開ける。

「まつげ、ついてた」

「ま……まつげですか？」

「あぁ」

たしかに彼の人差し指の先には、私のまつげがのっていた。

「ありがとう……ございます」

やっぱり勘違いだったことに、ほっとしたようながっかりしたような複雑な感情を抱きつつ、彼からボストンバッグを受け取った。

「中に入ったら、ちゃんと鍵をかけて」

まだドキドキしている私の気持ちなど知らない南雲先生は、また私を心配している。

「あの、送っていただいたうえにお食事まで、ありがとうございました」

「いいや。俺の昼食に付き合ってもらっただけだから、気にしないで。ほら、疲れるといけないから中に入って」

「はい。気をつけて帰ってくださいね」

「あぁ」

扉を閉じる瞬間まで、彼に手を振った。ばたんと閉じた後、エンジンの音が聞こえて車が去っていく様子がうかがえた。

その瞬間、私はその場に座り込んでしまう。

「わ、私。南雲先生が好きなのかも……」

いいや、疑問の余地なんてない。間違いなく好きなのだ。一緒にいて楽しくて、近づくとドキドキして、離れると寂しい。

恋愛感情を抱くのが久しぶりすぎて、気づくのが遅くなった。けれどこれは間違いなく恋だ。

私は自分の口もとを押さえ、自覚したばかりの恋に思考を支配され、しばらくその場から動けなくなってしまった。


退院してから二週間。

私は仕事に復帰して、いつも通り働いていた。体調もほぼもと通りで毎日忙しく過ごしている。

健康って素晴らしいと日々実感していた。それと同時に、久しぶりに芽生えた恋心を持てあまして、ふとした瞬間に南雲先生が頭に浮かんでくるような毎日を過ごしている。

「いらっしゃいませ」

ランチの終わりかけの時間に、扉が開いた。

「南雲先生！」

思わず名前を呼んでしまった。ここまでタイミングが合わずにお礼ができていなかったのだ。

「こんにちは、カウンターいい？」

「はい、どうぞ」

やっとお礼ができると思い、うきうきする。ずっと気がかりだったのだ。決して……決して南雲先生に会いたかっただけ、なんてことはない……はず。

カウンターに座った彼の様子を見ると、相変わらずかっこいい。見とれて仕事にならないと困るので、ほんのちょっと見てすぐに仕事に移る。

「今日は、なににしますか？　ちなみに本日のコーヒーはコロンビアです」

メニューを見ている彼に声をかける。

「ナポリタンにしようか。それとコーヒーを」

「かしこまりました。少々お待ちください」

メニューを下げると、彼はタブレットを取り出して書類を確認しはじめた。食事前のわずかな時間を惜しんで仕事をしているみたいだ。

その様子を見て俄然やる気が出た。彼のために美味しいものを作ろうと、さっそく調理にとりかかる。ナポリタン……やっぱり南雲先生はトマトが好きなんだと思い、サラダのミニトマトをおまけすることにした。

ほかのお客様のオーダーをとりながら、料理も並行して進める。

常連の田代《たしろ》さんは、クロワッサンサンド。注文はせずに、おなじみの席に座っている。いつもと同じメニューを作って持っていく。

「いつも通り、半分に切ってますから。ごゆっくりどうぞ」

「ありがとねぇ」

にっこりと笑う田代さんの膝の上に紙ナプキンを置いてあげると、田代さんのオーダーの完成だ。

こう見るとｒａｉｎは年齢層がわりと高めだ。駅から少し離れた住宅街にあるからか、オーナーの人柄か。そのせいか、南雲先生がすごく目立つ。

熱々のナポリタンをお皿に盛りつけて、最後にバジルを飾り、サラダと一緒に提供する。

「おまたせしました」

南雲先生はすぐにタブレットを片付けて、食べる準備をしている。

「熱いので気をつけてください。あと、トマトおまけしておきました」

「あぁ。ありがとう」

南雲先生が紙ナプキンに巻かれたフォークを手に取った瞬間、入口の扉が開く。

「いらっしゃいませ」

反射的に声をかけた先にいたのは、与人だった。

「姉ちゃん、お腹空いた……な、南雲先生！」

すぐにカウンターに座る南雲先生に気がついたようで、すごく驚いている。

しかしすぐに切り替えて「隣いいですか？」と言い、返事の前に座ってしまう。こういうちょっと図々しいことも許されてしまうのが与人なのだろう。入院して弟の同僚と話す機会が増えたが、職場でもみんなの弟というポジションを確立しているようだった。

「ここで会えるなんて、うれしいです」

喜びをこうやってストレートに表現できるのは、うらやましい。姉弟なのに、私は持ち合わせていないスキルだ。

こんなふうに気持ちを素直に表現できたら、南雲先生との関係も変わるだろうか。

「夜勤か」

「はい。仕事前に病院でやっておきたいことがあるので早めに出勤しようと思って」

「そうか。仕事もいいが体を休めるのも大事だぞ。君たち姉弟は手を抜くのが下手だ」

「姉……もですか？　姉と南雲先生ってそんなに仲良かったんですか？」

与人は南雲先生の言葉がひっかかったようだ。私は自分に尋ねられたら困ると思って、カウンターの中の離れた場所に逃げた。

退院時に送迎を申し出てくれた件もあるし、あの言い方では私たちがただの知り合いではないように思えても不思議ではないだろう。

「倒れるまで仕事してたら、そう思うだろう」

「あぁ、そういうことでしたか」

なんとか納得してくれたようだ。さすが南雲先生。

「あれ、ここのミニトマトいつからみっつになったの？」

ちらっとこちらを見ているが、忙しくコーヒーを作って聞いていない振りをする。

「南雲先生、トマト嫌いでしたよね？」

「えっ⁉」

聞いていない振りをしていたのに、びっくりして思わず声を出してしまった。

ふたりともこちらを見ている。

「ご、ごめんなさい。話が聞こえて。南雲先生、オムライスやナポリタンをよく注文されるし、先日もトマトを一番に食べていたので、お好きなのだと思っていました」

気をきかせたつもりだったのに、嫌いなものをたくさんお皿にのせてしまって、これではただの嫌がらせだ。

「ごめんなさい」

「いや、別に嫌いじゃないから」

「そんなことないですよね、広報誌に嫌いな食べ物はトマトだって書いてたのに」

南雲先生のフォローを、与人がさっそく台無しにする。そういうデリカシーのなさも弟気質のせいなのだろうか。

「すみません、あの。ほかのに取り替えますね」

私ったら、本当になんてことをしてしまったの……。自分の空回りに嫌気がさす。

「いや、いい」

そう言うや否や、パクパクッとミニトマトを食べてしまった。

「あっ！」

そしてそのまま、なんでもないような顔でナポリタンを食べている。もうこれ以上なにも言うなという意志を感じ取る。

私は素直にその優しさに甘えることにした。そしてまた与人が、なにかやらかさないよう声をかけた。

「今日は、なに食べる？」

「サンドイッチと、コーヒー」

「了解」

注文を終わらせると、与人の関心は南雲先生に移ったようで、あれこれと質問をして答えてもらっている。

「あまり話しかけたら、南雲先生がゆっくりできないじゃない」

あまりにも話し続けているために、あきれてたしなめた。

「そっか……すみません」

「いや、別に問題ないが」

頬を緩めて笑っているので、迷惑だとは思っていないようで安心した。

「そう言えば」

与人が急に話を変えるのは珍しくない。けれどその内容に驚いた。

「俺、姉ちゃんにって加藤から連絡先預かってきたんだ」

「え？」

「は？」

私が声をあげたのと同時に、なぜだか南雲先生もびっくりしたように声を出す。すぐに慌てた様子で口もとを押さえている。

「いや、首を突っ込んですまない」

「いいえ。でもあの加藤さんがどうして？」

まったく心あたりがなく、首を傾げる。

「あ〜あいつ姉ちゃんのこと気に入ったみたいなんだよね。入院中の態度も結構あからさまだったけど、姉ちゃん気づいてなかった？」

「うん……全然」

私の言葉に、与人は大きく肩を落とした。

「はぁ、本当に鈍いよな。加藤は悪い奴じゃないし、姉ちゃんもそろそろ彼氏が欲しいって言ってただろ」

「ちょ、ちょっと。こんなところでなにを言い出すのよ」

本当の話だけれど、南雲先生の前で言わないでほしかった。顔が熱い。

「だって事実だろ」

「それはそうだけど……」

「なに、なにかまずかった？」

全然状況がわかっていなくて、頭が痛い。ここまで空気が読めずに医師としてしっかりとやっていけるのだろうか。不安になる。

「とりあえず、一度連絡してあげてよ」

「わかった、私の話はもういいから。それよりも与人こそ最近彼女とちゃんと会えてるの？」

　ここぞとばかりに、話題を変えた。

「んーノーコメントで」

　自分の話になったら逃げるんだから。

　私はカウンターから出て、田代さんのもとに向かった。食事を終えると白湯を出す。お薬を飲むためだ。

「足りなかったら、おっしゃってくださいね」

「あぁ、美与ちゃんありがとね」

　私の手をぽんぽんと叩いてにっこり笑う。田代さんは家族と一緒に住んでいるが、決まった日にここでランチを食べるのを楽しみにしている。夏休みになると、お孫さんも一緒に来るのだが、それはそれで賑やかで楽しい。

　ふとカウンターの方を見ると、与人はやっぱり南雲先生に話しかけている。

　面倒がらずに真剣に相手をしてもらって、与人はすごくうれしそうだけれど……南雲先生はゆっくりできなかったのではないだろうか。

「ごちそうさま、お先に」

　コーヒーを飲み終わった南雲先生は、カウンターから立ち上がるとレジにやって来た。

「お代は結構ですので……あの、弟がすみません。騒がしくて」

「いいや。熱心な後輩との話は、嫌いじゃないから。それより、代金はちゃんと払う」

まだ財布を出そうとしている。

「それじゃ、お礼になりませんから。あの……ミニトマトの件も。今度はもっとちゃんとおもてなしします」

「あ、あれは。本当に気にしなくていいから……それより」

南雲先生が言いよどむように言葉を区切った。私は不思議に思って続きを待つ。

「加藤に連絡するのか？」

「えっ？」

そんな話だと思っていなくて、聞き返してしまった。

「いや、なんでもない。今日はごちそうさま。また来る」

「はい。お待ちしております」

そう言い残すと、扉を開けて出ていった。

結局、南雲先生はお金を置いていってしまった。なにか別の方法でお礼をしなくては。それより最後のはなんだったんだろう。

気になってしまい、彼が出ていった後の扉をじっと見つめた。

まさか……やきもち？　いや、さすがにそれはない！

恋をするとどうしても自分の都合のいいように、ものごとを考えてしまう。落ち着かなければ。

『また来る』って言っていたし、少しずつゆっくり近づければいいな。

カウンターに戻ると、与人がすかさず近くにやって来た。

「なぁ、南雲先生となに話してたんだ？」

「別に、ありがとうございましたって、お見送りしただけだよ」

「ふ～ん。俺、コーヒーゼリー食べたい」

「ん、わかった。少し待ってね。っていうか、早く行って仕事するんじゃないの？」

「ゼリー食べたら行く。とりあえず、今南雲先生に聞いた話、メモにまとめるから」

Ａ６サイズのノートを取り出して、さらさら書き留めている。

心配なところもたくさんあるが、学びには貪欲な弟だ。いつか南雲先生のような立派な医師になってほしい。姉としてそう願う。

「がんばってね」

ゼリーをテーブルに置くと「ありがとう」と言って、ノートから私に視線を向けた。

「そういえば、南雲先生ってよくここ来るの？」

「今日が二回目だけど。……どうかした？」

なにを聞かれるんだろうか。

「いや、また会えるといいなぁって思っただけ」

「そう……」

私も与人と同じ気持ちだった。


それから南雲先生は、何度かお店に来てくれた。

ランチを食べる日もあったり、ゆっくりコーヒーだけ飲みに来たり。その都度少しだけ会話を交わすような日々が続いた。

私にとってはご褒美のような時間で、邪魔してはいけないと思いつつも、ドキドキする気持ちを抑えるのが大変だった。

そんなある日、南雲先生がパスケースを忘れていった。その日はランチまでのシフトだったので、仕事が終わった後職場に届けることにした。

連絡をすると、私が到着する頃には少し時間が取れるそうだ。もし緊急オペなどが入っていたら、事務局に預けると約束して病院に向かう。

季節は秋。十月に入ってやっと日中過ごしやすくなっていた。今日もさわやかな風が吹いていて、歩いて病院に向かう。

正面玄関から入って、南雲先生と約束している食堂へ行くためにエレベーターを待つ。

せっかくだから、コーヒーも持ってきたんだよね。仕事の合間に飲んでもらおうと思って、冷めないようにポットに入れた。喜んでくれるといいんだけど。

「あら、一ノ瀬さん」

「西岡先生。その節は大変お世話になりました」

エレベーターを待っていると、私の主治医だった西岡先生に会った。今日も今日とて、とても美しい。まとうオーラが私のような凡人とは違う、内側から輝くようなまぶしさに直視できない。

「経過は良好のようだけど……なにか問題でもあった？」

診察の予約もないのにこんなところにいたせいで、西岡先生に余計な心配をかけてしまったようだ。

「いえ、体はすごく元気です。ちょっと忘れ物を届けに来たんです」

「あぁ、一ノ瀬くん？」

忘れ物と言えば、弟のものだと思うのが普通だろう。

「いいえ……南雲先生のものなんです」

「南雲先生の？　渡しておこうか？」

専門は違っても同じ外科だ。顔を合わせる機会も多いに違いない。渡してもらった方が効率的ではあるはずなのに、嫌だと思ってしまった。

「いいえ、直接渡したいので」

「そう、わかった。では、お大事にね」

颯爽とエレベーターを降りていく姿を見る。変に思われなかっただろうか。ただ反射的に南雲先生に直接渡したいと思ってしまった。

西岡先生は私にないものばかりを持っている人だな、とちょっとうらやましくなる。比較したって仕方がないのに、勝手に持ってしまった劣等感がそうさせたのかもしれない。

もやもやした気持ちを消化できないまま、食堂のある階でエレベーターを降りる。せっかく南雲先生と会えるのだから気持ちを切り替えようとしたそのとき。

「全然会ってくれないのはどうしてなんですか？」

「会う必要がないからだろ」

……南雲先生？

女性の声はわからないけれど、男性の声は間違いなく南雲先生だ。

ランチを過ぎてひとけの少なくなった食堂の入口近くにある自動販売機のところに、ふたりは立っている。相手の女性は私服姿……。

盗み聞きなんてよくない。でも足が動かないし、意識がふたりの会話に集中してしまう。

「じゃあ、連絡がないのはどうしてなの？」

「その必要もないだろ」

「だって進路のこととか、国家試験のこととか相談にのってもらいたいんだもん」

女性は南雲先生を見上げている。きゅるるんとした大きな目に必死さが浮かんでいる。年齢は与人と同じくらい、大学生だろうか。

「お父さんがいるだろ。俺よりも立派な医者だ」

「違うの、愛理《あいり》はパパの意見じゃなくて、南雲先生の意見が聞きたい」

「とくになし、以上。早く帰れ」

「やだっ！」

自分のことを愛理と言った女の子は納得していないらしく、南雲先生の腕に掴まって揺さぶっている。人を選ぶ行為だがかわいらしい彼女にはぴったりのように思える。

「いいから、手を放しなさい」

「いや、じゃあお見合い受けて」

「絶対に無理だ」

「お見合いするだけだから、ね？　パパにもそう言うから」

「いい加減にしろっ」

南雲先生が腕を振り切った勢いで、私の方へ視線が向いた。

「来ていたのか」

「……はい」

見つかってしまった以上、今さら隠れるわけにもいかず、一歩前に出る。

南雲先生は、愛理さんを置き去りにしてこちらにやって来た。

「悪かったな、わざわざ届けてもらって」

「いえ、私もお帰りになるまで気がつかなくてすみません」

「なぜ君が謝るんだ。助かったよ」

バッグからパスケースを取り出して渡す。

「念のため、中を確認してください」

言われるまま開いてざっと中を見ている。

「あぁ、大丈夫だ」

「よかった。大事なものみたいだったから」

このやり取りの間、愛理さんはじっとこちらを睨んでいる。ちょっとやりづらい。

こうなったらさっさとコーヒーを渡して帰ろうと決める。

「これ、コーヒーなんですけど。よかったらどうぞ」

「わざわざ持ってきてくれたのか？」

声が弾んでいる。喜んでくれているのが伝わってきてうれしい。

「はい。紙コップを入れてあるので職場の皆さんで飲んでください。ポットはまたお店に来るときに持ってきていただけるとありがたいです」

「あぁ、ちょうどうまいコーヒーを飲みたいと思っていたんだ」

「差し出がましいかなと思ったんですが……よかった」

用事が済んだので、帰ろうとしたところで愛理さんがつかつかとやって来て、南雲先生の手を引いた。

「南雲先生っ！　こちらの方はどなたですか？」

キッと睨まれた。敵意を隠そうともしない目に思わずひるむ。

「君に言う必要はない」

「そればっかり。ちゃんと答えてください」

睨み合うふたり。私はなにもできずにおろおろと様子をうかがうしかない。

南雲先生は疲れたのか、大きなため息をひとつついて髪をかき上げている。しかし愛理さんはそんな態度を見てもまったくひるむことなく、南雲先生を見つめ続けている。一歩も引く気はないようだ。

「さっき、見合いがどうとか言っていたな」

「うん。南雲先生に私とのお見合いを受けてほしいの」

ふたりの間に、お見合いの話が出ていたの？

「俺が見合いを断る理由は、彼女だよ」

「この人が？」

愛理さんと南雲先生の視線がいっせいにこちらに向いて、ビクッとする。

「俺が結婚したいと思っている人だ。だから、君の気持ちには応えられない」

「えっ!?」

驚いて南雲先生の方を見ると、彼は私にだけわかるように小さくうなずいた。どういう意図があるのかわからないけれど、ここは彼の言う通りにしておいた方がいいだろう。

「結婚……そんなっ」

それまで顔を紅潮させて怒っていた愛理さんが、顔色を失っていく。

ただ私も、南雲先生の話に驚いて否定の言葉すら出てこない状況だ。そしてここで口を開いて真実を告げたら、南雲先生の思惑がめちゃくちゃになってしまう。

ここは黙っておくしかないのだろうけれど……でもどうして結婚なんてうそをついたのだろうか。

「行こうか」

「は、はい」

南雲先生が私の背中を押して、食堂から出るように促した。その間愛理さんは茫然としていて固まったままだ。

気になるが、そのまま肩を抱かれて食堂を出た。

「変なことになってすまない。話があるんだが、屋上まで付き合ってくれないか？」

「……はい」

ここまできて断るなんてことはしない。彼がどうしてあんな話をしたのか知りたいからだ。

階段で屋上に上がると、いくつかベンチが並んでいて患者さんやそのご家族らしき人が座っていた。ほかにも休憩中なのか病院職員がサンドイッチを頬張っている姿も目に入った。

そんな人たちを横目で見ながら、奥にある少し離れたベンチにふたりで座る。

十月になって、空がずいぶん高くなった。空気は澄んでいてとても気持ちがいい。

座ってすぐに南雲先生はひとつ大きなため息をついた。これまでどんなハプニングの後にもこんな疲れた顔はしていなかった。

「せっかくなので、コーヒー飲みませんか？」

私は紙袋から保温ポットと紙コップを取り出すと、ふたりぶんのコーヒーを淹れた。

「どうぞ」

「ありがとう。うまそうだ」

コーヒーを受け取った頃には、いつもの南雲先生に戻っていた。時間を置いて少し落ち着いたようだ。

その後静かにコーヒーを飲んだ南雲先生は、経緯を話してくれる。

「さっきはすまなかった」

「驚きましたが……大丈夫なんですか？　彼女」

最後は固まってしまっていた。あのままひとりにして平気なのだろうか。

「君が心配しなくてもいい。こちらの都合も考えずにやって来たのは向こうだから」

そうは言っても、どういう相手か気になってしまう。しかしそれを自分から聞くのはためらわれた。南雲先生のプライベートにどこまで首を突っ込んでいいのかわからないからだ。

「彼女は、学生時代にお世話になった先生の娘さんで、以前家庭教師をしていたんだ。あれはたしか小学生の頃だったはず。今は大学生で医学部の五年生だ」

彼女も医師を志していると聞いて、どうして南雲先生の周りには西岡先生や愛理さんのように才色兼備の女性が集まるのか考えてしまう。

「……聞こえてしまったんですが、お見合いっていうのは？」

「世話になった教授から、愛理との縁談を打診されて、正直困っている」

愛理さんだけならまだしも、お世話になった教授にまでお見合いを迫られているなら、断りづらいだろう。結婚にもいろいろな形があるのはわかっているし、私がなにか言える立場ではないのも理解している。

でも……南雲先生と愛理さんのお見合いを想像すると、それだけで胸がもやっとしてしまう。

それを振り切るように、南雲先生がお見合いを断る理由を聞いた。

「彼女ではダメなんですか？」

「正直、俺にとって愛理は教え子としか思えないんだ。子どもに言い寄られても困る」

まあそうかもしれない。小さな頃の彼女の家庭教師をしていたのなら、そういう印象のままここまできたのだろう。今さら認識をあらためるのも難しい。

「それに仕事とプライベートは分けたい。そこまでして出世したいとも思わないし、しがらみの中で一生、生きていくなんてごめんだ。どうにか穏便に断りたいと思っているが、あっちがあんな感じだからなかなか難しい。教授も娘には甘いからな」

出世については……南雲先生なら自分の力だけで、どんどん道を切り開いていきそうだ。他人の権力の傘下に入れば、自分の思う通りにできないこともあるだろう。彼の話に納得する。

「それで、あんなうそをついたんですね。私と南雲先生が付き合う、ましてや結婚なんて……絶対にありえませんよね」

もしかして?と、思ってしまったのは事実だ。でも冷静になって考えればわかる。理由がなければあんなことを口にしたりはしないだろう。

好きだから勘違いした自分が恥ずかしい。あれほど自分に都合のいいように考えるのはやめなければと思っていたのに。

苦し紛れに私と結婚したいだなんて口にしたのは、そういう理由があったからだろう。たしかに愛理さんのあの勢いではちょっとやそっとではあきらめそうになかった。

けれど南雲先生は私の質問に「そうだ」とは答えない。

彼は黙ったまま、私をしっかりと見つめた。隣にある真剣な顔が、なにか決心をしたかのように口を開いた。

「俺はうそをついたつもりはない」

「え？」

あれがうそじゃなければ、なんだというのだ。私はじっと彼を見て、次の言葉を待つ。

「君さえよければだが——」

これまでとは違う、強くて情熱のこもった目が私を射抜く。

「俺と結婚しないか」

彼の低くて甘い声が聞こえてきた。

「結婚……私と、南雲先生が？」

「あぁ、そうだ。君と俺、夫婦にならないか」

しっかり聞こえたプロポーズの言葉を、頭の中でリフレインする。甘い言葉の洪水で私の思考は完全に流されてしまった。

第三章　結婚します

十一月初旬。第一日曜日の今日、リビングのカレンダーには赤い丸が付けてある。これは一ノ瀬家のルールみたいなもので、大事な予定がある日はこうやって印を付けるようになっていた。

私は朝から来客に備えて、家のあちこちを掃除していた。

まずは玄関を掃除して、あとはリビング。台所には入らないだろうから廊下やトイレを優先させた方がいい。

普段から時間があれば掃除をするように心がけているが、いざはじめるとあちこち気になっていろんなところに手をつけてしまう。気をつけないとお茶の準備もまだしていないし……なによりも彼が来る前に着替えなくてはいけない。

さすがに動きやすさ重視の、デニムとトレーナーで南雲先生をお出迎えしたくない。

あちこち忙しくしていたら、まもなく午後になるという時間に与人が二階から降りてきた。しかしそのままリビングのソファに寝転がって、スマートフォンでゲームをしている。

「与人、三時頃お客様が来るって伝えていたわよね。さすがに着替えて」

「今起きたばかりだから、動けない。俺が会わなきゃダメな人？」

「……私、結婚しようと思って」

「ふ〜ん。結婚ね。ふわぁ」

あくびだなんて緊張感のない態度だ。弟にとって姉の結婚ってその程度の関心事なのだろうか。そう思ったのは一瞬で、与人は「結婚⁉」と口を開いた。

「姉ちゃん、結婚するの⁉　いや、むしろ彼氏いたの⁉」

よほどびっくりしたのか、寝転がっていたソファから飛び出した。

「これまで黙っていてごめんね。信じられないかもしれないけど、結婚するのは事実だから与人にご挨拶に来るの。決して失礼なことはしないでね」

「わかった、とりあえず着替えてくる」

「そうしてちょうだい」

放っておけばいつまでもソファの上でダラダラするに違いない。早めに声をかけて正解だった。

まぁ、与人が驚くのも無理はない。まったく男っ気のなかった姉が急に結婚相手を連れてくるのだから。

やっぱり南雲先生の言う通りにしてよかった。

前もって誰と結婚するのか与人に伝えようとも思ったのだ。でも相手が与人の尊敬する南雲先生だと言っても信じてもらえそうにない。

それならば直接本人から話をしてもらった方が早い——となった。

きっと驚くんだろうな。まぁ、私だってまだ実感がないんだもの。

「え、もうこんな時間？」

時計を見てびっくりした。与人のことばかり言っていられない。私もまだ彼を迎える準備ができていないのだから。

そしてその一時間後。

与人は玄関先でパニックになっていた。

「な、な、なんで我が家に南雲先生がっ！」

目を白黒させるってこういうことなんだ……と私は感心していた。

「少し時間が早かったか？」

「いいえ、わざわざ来ていただいてありがとうございます。どうぞ」

びしっとスーツを着た南雲先生は、ため息が出るほどのかっこよさだ。今日のためにわざわざきちんとした服装をしてくれたことがうれしい。

「ちょっと待って、俺を置いて話を進めないで。だからなんで南雲先生がここにいるんだよ。今日来るのって姉ちゃんの結婚相手――えっ」

「やっとか」

少しあきれた様子の南雲先生は小さく笑っている。

「いや、待って待って。もしかして姉ちゃんの相手って……いやそんなはずない」

自分の考えを否定するために、頭をぶんぶん振っている。

「じゃあどうして南雲先生がここに？」

与人はもう考えを放棄して、答えをもらうことにしたらしい。

「俺が美与さんと結婚するからだ」

「えええええぇえ」

我が家の狭い玄関に、与人の叫び声が広がった。


リビングのテーブルには、南雲先生が持ってきた与人の好物のどら焼きとお茶が置かれている。

私と南雲先生が並び、その前に与人が座っているが……さっきから落ち着きがなくずっと目をあちこち泳がせている。

「一ノ瀬、お姉さんとの結婚だが――」

「ほ、本気なんですよね？」

与人の気持ちはよくわかる。私だってまだ実感がないのだから。

＊　＊　＊

あのプロポーズの日。

私の頭はすごく混乱していた。

『結婚……私と、南雲先生が？』

『あぁ、そうだ。君と俺、夫婦にならないか』

まっすぐに見つめられて、胸が高鳴る。甘く痺れる感覚に体が支配される。

目の前の南雲先生の様子から彼が冗談を言っていないのは理解できる。冗談ではないとわかっても、理由はわからない。

今……そんな話はしていなかったはず。

『ど、どうして？　結婚だなんて』

そもそも私たち付き合ってもいない。結婚って、プロポーズって、本来他人や知り合い同士がするものではない。

『君、結婚相手を探しているんだろう？』

いきなり私の話になって驚いたけれど、たしかそんな話をした。弟が彼女との結婚を保留にしているのは、私をひとりにできないという理由からだ。

話しているのを偶然聞いてしまったのだが、直接言ってくれればそんなことないと言えるのに。ただ言ったところで、与人は納得しないだろう。

大学生になった頃から、私にすごく気を使うようになった。表面的には見えないようにしているつもりだろうけれど、弟の心配が伝わってくる。

だからだろうか、弟は自分のイチオシの加藤さんをどうにか私とくっつけたいと思っているようで、しきりに外堀を埋めようとしていた。

加藤さんはいい人だと思うけれど、自分の心が彼に傾くことはない。私が好きなのは南雲先生なのだから。

『まぁ、できればいいなって思ってはいますけど』

それも事実だ。いつまでも弟に心配をかけるつもりはない。それに私だって人並みに恋や結婚に憧れる。そうだからこそ、目の前にいる南雲先生に心乱されてしまうのだ。

そんな相手が私と結婚だなんて……理解が追いつかない。

『俺では君の夫にはふさわしくないだろうか？』

『ふさわしいとか、考えたこともないです』

考えたことがないというのはうそだ。正確には〝私は彼にふさわしくない〟という思いならば何度も抱いた。彼が私にふさわしくないなんてことは、絶対にない。

『なら、今すぐ考えてくれ』

『そんな……』

もしかして私の態度がわかりやすかったのだろうか？　いや、ずっと気をつけていたからそんなはずはない。

だとすれば考えられる理由はひとつだ。

『愛理さんとのお見合いから逃げるためですか？』

そうとしか考えられなかった。

お世話になった人のお嬢さんなら、無下にはできないだろうし。先ほどの様子からかなり扱いに困っているように見えた。

なんとしてもお見合いを回避したいに違いない。

それで都合のいい私との結婚を思いついたのだろう。

南雲先生からの返事がすぐになくて、答えを聞こうと彼をじっと見つめる。

どうしたのだろうか、眉間に深い皺を刻んで足もとを見ている。

『そうだ』

絞り出すような声だった。彼は一度ぎゅっと目をつむった後、じっと私に視線を向けた。

『どうしても見合いを回避したい。それにこの結婚は君にもメリットがあるだろう』

それはそうだけど……。

ズキンと胸が痛む。

好きな人にプロポーズされた夢のような瞬間のはずなのに、悲しみが胸に広がっていく。

自分でわかっていたはずなのに、南雲先生が私に恋をするはずないって。でも本人からつきつけられると、やっぱりきつい。

お互いに目的がある方が、割り切れるという話だろう。都合のいい相手が目の前にいたから、こうやって提案した……そう、これはプロポーズではなく提案。

〝提案〟という言葉が浮かんできてしっくりきた。

彼は私のことをなんとも思っていない。完全なる失恋だ。自分の気持ちすら伝えられていない。

本来なら彼と距離を取るべきだ。忘れるためにはそれが最善なのは恋愛経験が乏しい私でもわかる。

『先生は私でいいんですか？』

仮でも私と夫婦になるのだ。彼が本当にそう望んでいるのか確認する。

『俺は君がいい』

真剣なまなざしが私を射抜く。私がいい……そう言われて私の胸が大きく高鳴った。

あきらめの悪い心が、まだ彼のそばにいたいと言っている。彼の役に立つならそれでいいじゃないと、頭の中でもうひとりの私がささやいている。

たとえ自分の気持ちが一方通行だとしても、彼の気持ちが得られないにしても、妻としてそばにいることができる。

私の中で決意が固まる。こんなのよくないだろうという自分の気持ちを無理やり押さえつけた。

『……わかりました。私たち結婚しましょう』

もっと悩むべきだろうけれど、気がつけばＯＫしていた。

それはきっと相手が南雲先生だからだと思う。

『本当に？　俺と結婚するんだな？』

探るような視線を私はまっすぐ見返した。ここで少しでも迷う様子を見せたら、彼はきっとこの話を冗談にしてしまう。

そこにもし、私と同じ条件の女性が現れたら？　彼が私ではなくその人を選んだら……。

そんなのは絶対に嫌だ。

これから先に不安がないわけじゃない。

でもそれと同じくらい、彼と過ごす毎日にわくわくしている自分がいた。

たとえそこに愛はないとしても——。

＊　＊　＊

「一ノ瀬、お姉さんとの結婚に賛成してくれるか？」

「賛成もなにも……ふたりが決めたなら俺は……でも、姉ちゃんこれまで一度もそんな話しなかったじゃないか。いつから付き合ってたんですか？」

いつから……っていうか、結婚を決めた今も正確に言えば付き合っていない。どう答えたらいいのか迷っていたら、南雲先生が助け舟を出してくれた。

「人生のパートナーを決めるのに、時間の長さは関係ない」

「……そうですよね」

　南雲先生の言葉に納得したみたいだ。

「君の家の事情もすべてではないが理解しているつもりだ。だからこそ、彼女を大切にすると一ノ瀬に約束する」

　弟を安心させるために言葉を選んでくれたのが伝わってくる。好き合って結ばれる結婚ではないから、弟にまで心を尽くしてくれる必要なんてないのに、丁寧に私たち姉弟に向き合ってくれている。

　私が結婚したいと思った相手が彼でよかったと心から思えた。こういう優しさがあるのだから、愛されることをあきらめさえすれば、きっと穏やかな生活ができる。そのうち……家族の情が湧けば万々歳だ。

「姉は、ずっと我慢して生きてきたんです。僕のために進学もあきらめて、遊びに行くこともなくずっと僕の世話をしてくれていました」

「与人、なにを言い出すのよ」

　いきなりのことで驚いて止めようとする。しかし弟は止まらない。

「僕、ずっと自分の人生が姉の犠牲の上になりたっているってことが苦しかった。こんなことを思う自分も嫌で……姉にはどうしても幸せになってほしかった」

いつしか与人の瞳に涙が浮かんでいた。

もしかしたら与人にとって自分の存在が重荷になっているかもしれないと思うことはあった。けれどここまで悩んでいたとは想像もしていなかった。胸が痛くて苦しい。

「だからこそ、絶対に絶対に幸せにしてください」

与人が深々と頭を下げると、南雲先生は大きくうなずいた。

「もちろんだ、必ず幸せにする」

南雲先生の低くて強い声が、私の胸を貫いた。真剣な言葉に胸が熱くなる。

たとえ、妻に対する義務感からくる言葉だったとしても、きっと彼はこの約束を守ってくれるだろう。

どんな形であったとしても、彼と幸せの道を歩く決意をした。


挨拶を終えた南雲先生と家を出る。

彼が夜勤に向かう前に、婚姻届を出そうという話になった。結婚すると決めてからまだひと月も経っていない。急ぎすぎのような気もするが、お互いのメリットを考えると早い方がいい。

ストールを羽織って区役所に向かう。その途中にある公園で南雲先生が足を止めた。

「少し、話をしないか」

「はい」

私は誘われるまま公園のベンチに座った。地面は色づいた落ち葉で埋め尽くさんばかり、秋が深くなってきたのを感じられる。

南雲先生が口を開く前に、耐えきれなくなった私は自分の気持ちを吐き出した。

「まさか……弟があんな気持ちだったなんて。自分が思っていたよりもずっと、彼の人生をしばっていたんだなって」

弟の人生をがんじがらめにしてしまっていたのは、私だった。

「やっぱり君は気になってしまうよな」

うなずいてうつむいた。

「俺から見たら、君たちはお互いを大切にしている……お互いがお互いの幸せを願っているんだから、もし弟に申し訳なさがあるとしたら」

南雲先生は私の手をぎゅっと握った。

「君はもっと幸せになるべきだ。俺と」

彼の体温が伝わってきて、ちくちくと痛んでいた胸の傷を包み込んでくれるようだ。ドキドキとうるさい心臓の音が彼に聞こえていないか心配になる。好きな人と結婚できるだけで十分幸せなのだけれど、もしこの気持ちが彼に伝わってしまったら重荷になるだろう。

お互いにメリットがあるから結婚すると思っている彼に、恋心などは迷惑に違いない。人を好きになると、自分が自分でなくなるような感覚に陥ることもある。

現に私だって、自分に都合のいい解釈をして、淡い期待を持っていた。けれどそれは完全なる勘違いで、彼はお見合いを回避するため、私は妻の役目を果たすことになっただけだった。

ふたりの関係に必要なのは信頼や尊敬であって、決して恋心ではない。それを勘違いしてはいけない。

「結婚までの経緯が普通じゃないことは、理解してる。でも、君を幸せにしたいという気持ちは持っているから。俺たちらしい夫婦の形をふたりで作ろう」

自分たちらしい、夫婦の形。

それがどういうものなのか、今の私にはわからないけれど……。でもきっとほかの誰かとは作れないものに違いない。彼と私とでしか作れないもの。

「だから、やり直させてほしい」

「なにをですか？」

私が不思議に思って首を傾げると、南雲先生は持っていたバッグの中から濃紺のベルベットの箱を取り出した。彼がゆっくりとこちら向きにその箱を開けて中身を私に見せる。

「指輪……綺麗」

自然光を受けてきらりと輝く指輪は、シンプルだけれど大きなダイヤが真ん中に置かれている。そのわきに小さなダイヤが支えるようにして埋め込まれていた。

思わずため息が出るほどの美しさに目を奪われた。そしてこれを用意してくれた彼を見る。

「俺と結婚してください」

カサリと音を立てて、彼が地面に膝をつく。ひざまずいたまま私に熱い視線を向け手を差し出した。

小さな頃に憧れたシチュエーション。いつからだろうか、それはおとぎ話のヒロインにあっても、自分の人生にはないものだと思っていたのに。

忘れていた憧れやときめきが、南雲先生によってもたらされる。それを受け取った私は感動に体中が包まれ、気がつけば目頭が熱くなっていた。

「……はい」

情けないほど掠れた小さな声しか出なかった。それでも南雲先生は私が彼の手に重ねた手を取って指輪をはめてくれる。

それをまじまじと見つめて、自分が結婚するんだという気持ちが強くなった。

「ありがとうございます。うれしい」

笑顔でいたいのに、涙が出てしまう。きっととんでもない顔になっている。

「幸せにすると、君に誓う」

南雲先生は、私の手を取ると指輪にキスをした。

「私も誓います。あなたに誠実であると」

この結婚にどんな意味があろうとも、ふたりで歩いていくとお互いに誓った。

彼はハンカチを取り出すと、私の目もとを優しく拭う。

「なるべく泣かせたくないと思っていたんだけど、さっそく失敗したな」

「こ、これは……うれしい涙なので大丈夫です」

「うれしい……か。よかった」

ほっとした顔を見て、もしかして彼も緊張していたのかもと思う。

「さぁ、届けを出しに行こう。美与」

「えっ……」

はじめて名前を呼ばれてドキッとした。そう、私たちはこれから夫婦になるのだから、今までと同じ呼び方では変だ。

私は小さく呼吸をして、頭の中で二度練習した。

「はい。築さん」

「……っう、名前知っていたんだな」

「あたり前ですよ。夫になる人の名前ですから」

「そうか」

彼はそう言いながら私の手を引いて立ち上がるのを手伝ってくれた。そのまま手を繋いで歩きだす。半歩うしろから見る彼の耳がほんのり赤いような気がする。

少し気温が低いせいだろうか、それとも……。

本当のことは聞かないまま、私は彼の温かい手に引かれて〝南雲美与〟になるための道を、一歩また一歩と落ち葉を踏みしめて歩いた。

十一月の半ば、新婚生活は慌ただしくスタートした。

お互いのために急いで婚姻届こそ出したけれど、そのほかが一切決まっていなかった。

取り急ぎ築さんのマンションに私が住むことで、住居問題は解決した。

引っ越しの日は平日だったのだけれど、築さんは夜勤明けそのまま引っ越しに付き合ってくれた。家で待って荷物を受け取ってくれるだけでいいと言ったのに、わざわざ実家まで来てくれたのだ。

私に築さんが寄り添ってくれているとわかると、与人は安心したようだった。突然降ってわいたような結婚を、心のどこかで不安に思っていたのだろう。

そして私が引っ越しを済ませた半月後、与人の彼女が実家に引っ越しをしてきてふたりは同棲を開始した。

築さんとの結婚のおかげで、すべてがうまく回りはじめた。

はじまりは普通の結婚とは違ったけれど、私たちの結婚生活はいたって普通だった。特別ルールを決めたわけではないけれど、なんとなく食事を共にし、休日を一緒に過ごした。お互いのできないことを埋め合うようなそんな生活を送っていた。

その生活は私にとってとても快適だった。

今は築さんのリクエストで肉じゃがを作っている。家事の中で料理は好きな方なので苦ではないけれど、味には好みがあるので彼がどういう反応をするのかちょっと心配だ。

鮭の塩麹漬け、きゅうりとじゃこの酢の物に、わかめとお豆腐のお味噌汁。なんてことのない家庭料理だけれど、これから何年も続いていくのだ。毎日パーティーのような料理は作れない。

そう、これからずっと、彼にご飯を作る。それがすごく楽しくて、新しい発見だった。

そろそろかな……。

時計を見ながらお味噌を溶かしていると、玄関の鍵を開ける音がしたので出迎える。

「おかえりなさい」

「ただいま」

上着を脱ぎながら中に入ってきた彼から、外の冷たい空気が感じられた。そろそろお鍋もいいかもしれない。今度休みが重なったら、一緒に買い物に行けないか聞いてみようか。

「すごくいい匂いがしてる」

「すぐに準備できますから」

「あぁ……」

ほんの少し口角が上がった。楽しみにしてくれているのだと伝わってくる。

基本的に言葉が多い人じゃないけれど、よく見ていればわかる。一緒に暮らしはじめて、私の趣味は簗さんの観察になった。

ふたりぶんの食事をテーブルに並べる。準備を終わらせた後、手を洗った彼が椅子に座った。

「悪いが、この後病院に戻る」

「そうですか、わかりました」

寂しいなと思わないでもない。もう少し一緒にいる時間があるかと思っていたが、外科部長の簗さんは与人の何倍も忙しい。帰ってこられないことも多いし、これまでなら今日みたいな日は一時帰宅もしなかったと言っていた。

そんな彼がわざわざ自宅で食事をするのは、私のためだとわかっている。

「いただきます」

手を合わせた彼が、最初に手を付けたのが肉じゃがだ。

「うまい」

すぐに二口目にお箸を伸ばしたので、合格だとわかってほっとする。私も彼と一緒に食べる。

食事を一緒に取れるときは、他愛のない話をする。そう会話が多い方ではないけれど、それでも一緒に食べるご飯は美味しかった。

「今度、お休みの日に土鍋を買いに行きませんか？」

「鍋、いいな。そういう季節だな」

彼も賛成してくれた。さりげなく誘ったお出かけの依頼にさらりと応えてくれてうれしい。

「ごちそうさま」

「そのまま置いててください。それよりお風呂沸いてますからゆっくり使ってください」

疲れのとれそうな入浴剤を入れておいた。これからまだ働くのだからせめてお風呂くらいはリラックスしてほしい。

「ありがとう」

築さんは結局食べたお皿を下げてから、バスルームに消えた。その彼の背中を見て、ほかになにかできることがないかと考える。

「そうだ、コーヒーを持っていってもらおう」

私は食器を片付けながら、職場に戻る彼に持たせるコーヒーを準備した。

こう思ってみると、私は誰かになにかをするのが好きなのだとあらためて実感した。

身支度を済ませた簗さんを玄関まで見送る。

「これ、コーヒーです。休憩時間に飲んでください」

「ありがとう」

笑った彼が私の顔を覗き込んだ。しかし視線が合ったかと思うとすぐに逸らされた。

「戸締りはきちんとして」

「はい。気をつけていってらっしゃい」

彼がドアノブに手を掛けた。そのまま行くと思っていたのにこちらを振り返った。

そしてそっと私の手を引いたかと思うと、頬にキスを落とした。

「行ってくる」

その後さっと扉から外に出ていってしまった。

私は彼がキスした頬を押さえて、その場に立ちすくむ。頬がどんどん熱くなっていく。発火してもおかしくないくらい熱を持っている。

「はぁ……あっつい」

手で顔を扇ぎながら、リビングに戻る。私はソファに倒れ込んだ。

どうしよう、ドキドキが止まらない。

お互いの利害が一致して結婚した私たち。そういう夫婦の触れ合いはないものだと思っていたのだけれど……彼は普通のカップルかのようにさっきのようなスキンシップをあたり前のように行う。私はいつだって、それに戸惑ってばかりだ。

でも私からしたら、彼がこうした触れ合いをしてくれるだけでほっとする。

築さんは少しでも普通の夫婦らしくなれるように、気を使ってくれているのだろう。こうやって距離を縮めることで、私たちの間にない恋愛感情を補っていく——そういうつもりなのかもしれない。

彼は意に沿わないお見合いから逃げるために、私と結婚することを決めた。そして私も弟のために結婚したいと思っていた。結婚の理由はお互いの条件が一致したからだ。

恋心を抱いている私とは違う。私は弟のためなんて言いながら、もっと打算的な理由でこの結婚を受け入れた。そのことが少しうしろめたい。

罪悪感を抱えつつも、それでも築さんと一緒にいられると思うとどうしても心が躍ってしまう。

生活の至るところにある刺激に、対応するので精いっぱいだった。

とくに印象に残っているのは、ここに引っ越してきた当日、夜になりお風呂も済ませたとき。そこでベッドはどうなるのだろうかとドキドキしていた。

そんなときに彼に緊急の呼び出しがあり、病院に向かうことになったのだが……さらっと「ベッドはそっちだから先に寝ておいて」と言ってそのまま出ていってしまった。

寝室を覗くとダブルベッドがある。あんなふうに言われたのに、別のところで寝たら彼はどう思うだろうか。ここで選択をミスしたら、本当の夫婦への道が遠のくような気がした。

そのとき自分がどうしたいか考えて、そっと彼の匂いのするベッドに潜り込んだのだった。

「あのとき……すごく緊張したんだよね」

結果あまりの寝心地のよさと、引っ越しの疲れですぐに眠ってしまったのだけれど。朝起きたら簗さんの顔が近くにあってびっくりした。

あれから一緒のベッドで寝るのがお決まりになってはいるけれど……本当に一緒に眠っているだけで男女のあれこれがあるわけではない。

結婚した経緯が特殊なので、そういうことがなくても普通なのかもしれない。でも恋愛結婚じゃない夫婦だって世の中にはたくさんいる。その人たちのことを考えたら、この先夫婦として仲が深まれば、そういうこともあるのかもしれない。

結局うやむやのまま、ほっぺにキス止まりだ。今どき中高生の方がもっと先に進んでいるような気すらしてきた。

夫婦の数だけ夫婦の形がある。私たちは特殊な関係からはじまったのだからなおさら世間と比較するのは間違っている。

いつか本当の夫婦になれたら、いいな……と淡い期待を抱いている。

＊　＊　＊

「おつかれさまでした」

手術着を脱ぎボックスに放り込んでいく。日付が変わる前にはじまった緊急手術だったが、幸い患部がわかりやすいところにあり、それほど時間がかからずに済んだ。

「南雲先生、おつかれさまでした。いやぁ、今日の手術も鮮やかでした」

興奮気味に後をついてくるのは、第一助手についていた後輩医師だ。

「あぁ」

短い返事だけをしたが、相手は手術後で神経が高ぶっているせいかずっと話を続けている。

「昼の緊急オペの話も聞きました。脳塞栓のカテーテル開通させるまで十分もかからなかったって。俺自分の耳疑いましたもん」

「そうだったか。まあ速いに越したことはないが別に驚くような話じゃないだろ」

日頃から指導の際は、正確さと速さ両方大切だと伝えている。

「クールっすね！　まあそこがたまらないんですけど」

まだなにか言っているが、そのままスルーしてデスクに戻る。

救急車のサイレンの音が一段落して、やっと椅子に座れた。

美与が持たせてくれたポットからマグカップにコーヒーを注ぐ。香りが立ちのぼり自然と緊張が緩む。ひと口飲むと体のこわばりがとけた。ようやくひと息つける。

仮眠をする時間は取れそうにない。そんなときに気力と体力を復活させるには、美与の淹れてくれたコーヒーが一番だ。

目をつむると別れ際、顔を真っ赤にして恥ずかしそうにしていた姿が目に浮かび思わず顔が緩んだ。

――かわいい。

「南雲先生、なにかいいことあったんですか？」

通りかかった看護師に聞かれたが、「いや」とだけ答えた。

いいこと、あったさ。毎日がいいことだらけだ。……内心そう思っているけれど言うつもりはない。

帰ったら家に美与がいる生活は、想像したよりも俺にやすらぎを与えてくれる。以前誰かが結婚はいいものだと言っていたときはいまいちピンとこなかったが、今になってその意味が理解できた。

それは……相手が美与だからだ。

コーヒーを飲み干して、目をつむりしばしの休息。

すると思い浮かんでくるのは、美与のことだ。

最初の出会いも衝撃的だったが、その後に関しては運命が俺の味方をしたとしか思えなかった。

三カ月前——二年ぶりに帰省した実家は以前と変わらないように見えたが、滞在時間が長くなると違和感を覚えるようになった。母ひとりがいないだけなのに、あの頃とはなにもかも違うと思えて。

あのときは少し感傷的だった。だから、会ったばかりの彼女を自宅に泊めたのかもしれない。自分らしくないことをしたと思う。それでもいい思い出になると思っていたのに、運命がそうはさせてくれなかった。

二度目の再会も印象的だ。医師としていろんな現場に立ち会ってきた。日々凄惨な場面を見ている。それでも自分の腕の中で痛みに耐える彼女を抱えて走ったときほど、冷静でいられなかったことはない。

身内の医療行為はご法度だということを、身をもって実感した。

一度目も二度目も、彼女は他人のために心を尽くす人だということが印象に残った。小さな子どもを助け、引っ越しをする夫婦の気持ちに寄り添う。ともすれば人生の中ですれ違う他人に、自分を犠牲にしてまで手を差し伸べられる人間がどれほどいるだろうか。

最初はそんな彼女が心配で仕方なかった。

彼女もまた最大の自己犠牲を発揮し、母のようにいなくなってしまうのではないかと。

思い出すのは棺桶に入った母の遺体。ついこの間まで元気だった温かい体が、冷たく硬くなっていた。

周囲の大人は、小さな子どもをかばい車にはねられた母を立派だったと言うけれど、俺は立派な母でなくてもいいから生きていてほしいと思っていた。

母の死を無駄にするようで、そんな気持ちを口にすることすら許されなかったが。

美与を見ていると、あのときのやるせない気持ちが湧き上がってくる。ただ俺はもう力のない子どもじゃない。彼女を守れる。

考えがそこまで行きついたときに、自分の彼女に対する気持ちに気づかされた。守りたいなんて他人に対して抱く感情じゃない。

そう考えてみれば、加藤が彼女に対してちょっかいをかけていると知ったときの、もやもやの理由もはっきりする。

俺は彼女が好きなんだ。

すごくシンプルだが一度意識してしまうと、どんどんその気持ちが揺るぎないものになっていく。

それなのに、彼女の気持ちは自分になかった。あの屋上での出来事を思い出すたびに、苦い思いが込み上げてくる。

『それで、あんなうそをついたんですね。私と南雲先生が付き合う、ましてや結婚なんて……絶対にありえませんよね』

ガツンと鈍器で殴られたような衝撃だった。

まだ気持ちすら伝えられていないのに、完全なる失恋だ。

彼女の中では、俺は恋愛対象として見られていなかった。〝ありえない〟存在。

どこか自分におごった気持ちがあったのだ。彼女も自分に対して好意を抱いてくれていると。

よく考えてみればわかることだ。美与は誰にでも親切で優しい。わかっていたはずなのに、恋心が妙なフィルターをかけて自分だけが彼女の特別になれると思い込んでいた。恥ずかしい限りだ。

だがあのとき、彼女を逃がしたくないと強く思った。ここで行動しないで彼女がほかの男のものになるなんて考えたくもない。

気がついたら俺は彼女に結婚を申し込んでいた。そうすれば彼女が俺を意識するかもしれないという思いがあった。

弟のために自分も結婚したいという、彼女の優しい気持ちに付け込んで。

彼女の気持ちが俺にないからには、これが正しい方法だとは思っていない。

それでも今日のように一緒にいて温かい気持ちになるなら、俺は彼女と結婚してよかったと思う。そして彼女にもそう思ってもらいたい。

スタートが間違っていたとしても、これから先が正解ならなにも問題がない。そう、正解になるようにしていけばそれでいい。

彼女を幸せにする自信はある。いや、俺でなければ彼女を幸せにできない。それくらいの強い気持ちで、彼女と結婚した。

ただ、目下問題なのは……彼女との距離感だ。一緒にいれば触れたいと思う。だがそれが許されるのかどうか……悩ましいところだ。

俺との結婚を受けたということは、嫌われてはいないはずだ。さすがにそれは彼女の献身的な態度を見ていればわかる。ベッドを一緒に使うのは拒否されていないし。

ただどれも状況証拠に過ぎない。彼女の気持ちを直接聞いたわけじゃない。

少々強引にいったところで、夫婦なのだから問題はないという気持ちがないわけじゃない。だが彼女は過去に付き合っていた男性から、ストーカーまがいのことをされた過去があると聞いた。

一方的な気持ちを押しつけられた恐怖を、蘇らせたくない。なによりそんな男と一緒にされたくない。強くそう思う気持ちが、彼女に対する態度を迷わせる。

自分がこんな不器用な人間だったかと思う。

やみくもに気持ちを押しつけても、彼女は戸惑うだろう。甘くゆっくり時間をかけて攻めると決めた。

「南雲先生、ちょっとよろしいですか？」

声をかけられて思考の海から浮上した。早く仕事を片付ければ、出勤前の彼女の顔を少し見られるかもしれない。彼女を送っていってそこでランチをしてもいい。

とにかくふたりで過ごす時間をつくるためにも、仕事を確実に終わらせなければならない。

「今行く」

ゆっくりと白んでいく空を見ながら、患者のもとに向かった。

第四章　あふれる気持ち

街中にクリスマスソングがあふれている。なんとなくわくわくする季節。

マフラーをぐるぐる巻きにした私は、簗さんの荷物を持って青葉台中央病院に向かう。結婚してから間もなくひと月が経つ。

まだ【南雲美与】と名前を書くのに慣れない。そしてまだ彼の妻だという自覚も持てないでいた。

だって簗さん、ほとんど家にいないんだもの。とくにこのひと月夜勤が多かったし、今日のように急遽オペが入って、患者さんの様子を見るために泊まることもある。

明日から名古屋で学会なのに、スーツに着替えに戻る暇もないらしい。

そんなに忙しいならと、荷物と一緒に彼にリクエストされたオムライスとコーヒーを持ってきた。隙間時間に食べてくれるはずだ。

「姉ちゃん！」

声をかけられて振り向くと、与人がこっちに向かってやって来ていた。久しぶりに顔を見るが元気そうでほっとする。

「南雲先生のところ？」

「うん、着替え持ってきたの」

「そっか……ふ～ん」

興味深そうに私をじろじろ見る。いくら弟でも失礼だ。

「なに？」

「ん、なんかちょっと雰囲気が変わったなって思って」

「そうかな？」

「新婚だもんな。幸せオーラが出てるのか！　じゃあ俺急ぐから」

本当に急ぐようで、早足で去っていった。偶然でも会えてよかった。

でも『幸せオーラが出てる』なんて言われてしまった。好きな人と一緒にいるから隠せなくても仕方ない、一緒にいられるだけで幸せだから……。たとえ私の片想いだとしても。

エレベーターに乗って最上階の食堂に向かう。待ち合わせはしているけれど、時間通りに来るとは限らない。待つのはいいけれどちゃんとご飯を食べる時間が確保できるのか心配だ。

それと同時に、彼に会えると思うとうきうきする。仕事の合間のわずかな時間だけれど出張前に会えそうでよかった。

結婚してわかったのだけれど、それまでひとりでいることに寂しいと思ったことなんてほとんどなかったのに、家でひとりで待っていると築さんが恋しくなることがある。

この恋心は、結婚生活に不必要なものだから、隠しておかなくてはいけない。それなのに日に日に彼への思いが強くなっていく。

素敵な彼と一緒にいれば、気持ちが大きくなるなんて、少し考えればわかったはずなのに。自分の考えが甘すぎたのか、彼がかっこよすぎるのか……その両方かもしれない。


十三時。ちょうど昼食のピークで人がたくさん並んでいた。

空いている席を探していたら、名前を呼ばれた。

「一ノ瀬さん、こんにちは」

「西岡先生、こんにちは」

どうやら昼食をとりに来たらしい。邪魔にならないように横によけた私の前に、ひとりの女性が立ちはだかった。

「あなた、たしか南雲先生と一緒にいた……なにしに来たの？」

たしか築さんの元教え子の愛理さんだ。

彼女は値踏みするようにじろじろと私を見ている。

「愛理ちゃん、失礼よ。まずは自分から名前を言って、挨拶をするべきよ」

西岡先生の言葉に素直にうなずいた。

「大沢《おおさわ》愛理です。で、あなたは？」

「……南雲美与です」

一瞬言いよどんだのは、素直に名前を名乗ることで、彼女の怒りを買いそうだったからだ。

「南雲ですって？　もしかして南雲先生と本当に結婚したの？」

納得できないといった様子で指を差される。聞かれた西岡先生は「そうよ」と軽く答えたが、そのひと言で愛理さんの態度が変わった。

「うそよ、南雲先生がこんな人選ぶはずない。指輪だってしてないし」

ひどい言い方だが、彼女からしたらぽっと出てきた私が大好きな〝南雲先生〟と結婚したのだから、恨みごとのひとつも言いたくなるのはわかる。

私が苦笑いを浮かべながら反論せずにいたとき――。

「勝手に決めつけるな。俺が選んだのは間違いなく美与だ」

「築さん！」

いいタイミングで現れてくれた。なにか言おうにも彼の立場もあるので、発言には気をつけないといけない。

「だって、指輪すらしてないじゃない。どうせ私をあきらめさせるためのうそでしょ」

半分正解でどう言い返したらいいのか困った私は、もう築さんに任せた。

「俺の仕事の都合上、指輪はなくしそうだから、ペア時計にした」

彼は私の手を引いて、セーターの袖口をまくり上げた。そこにはお揃いで買った時計がある。愛理さんは私の時計を確認した後、築さんの腕も確認して茫然とした。

「満足か？」

「うそ……やだ！　私は絶対信じないからっ」

そのまま出口に向かって走っていってしまった。

「はぁ、もう。もっと言い方考えてあげなさいよ」

西岡先生が困ったように愛理さんを追いかけて食堂を出ていった。

「面倒なことに巻き込んですまないな」

「いいえ、私は大丈夫ですが、あの、愛理さんは平気でしょうか？」

「ここで俺が追いかけたら、期待をさせることとなる。西岡も昔世話をしていたから、任せておいて大丈夫だろう」

どうやら彼女の家庭教師をしていたのは、簗さんだけじゃないらしい。

「それよりも、荷物もらうな。ありがとう」

「うん。じゃあ私、帰りますね」

「ダメだ。まだ少し時間があるから、付き合って」

彼は私の手を引いて、空いているテーブルに座った。ここはお弁当を食べても怒られることはないらしい。

彼はさっそく座ると、私の作ってきたお弁当箱の蓋を開ける。

「リクエスト通りだな。ありがとう」

「こっちにサラダもあります。お野菜食べてないかなって思って」

「助かる」

彼はスプーンを持ってオムライスを豪快に食べはじめた。特別な感想はないけれど、止まらない手とほんのり上がった口角で美味しく食べてもらっているのだと判断する。

思わず食べている彼をじっと見つめてしまう。ふせたまつげが長くてうらやましいとか、鼻筋が綺麗だとか。

「どうかしたのか？」

「え、どうしてですか？」

急にこちらに視線を向けられてドキッとした。

「ずっとこっちを見てるから、なにか話があるのかと思って」

「いいえ、すみません。私、簗さんが食べてるのを見るの好きなんです」

彼が美味しそうに食べている姿は、私を幸せにしてくれる。

「そうか……」

「あっ、見られてると食べづらいですよね」

「まあそうだが、君が楽しいなら好きなだけ見ればいい」

視線を逸らして、オムライスを口に運ぶ。

許可が出たので、遠慮なく見つめる。だが途中でスプーンが止まった。そしてこっちを見る。

「君が俺を見るなら、俺も君を見てもいいってことだよな」

「えっ？」

そんなふうに言われると思っていなかったので、驚く。

「かまわないよな？」

ぐいっと顔が近づいてきた。間近で見るイケメンの顔に心拍数が上がる。

結婚したはずなのに、いまだに簗さんがかっこよくて事あるごとにドキドキしてしまう。

「あの……ごめんなさい」

顔が熱い。赤くなっているだろうから見られたくなくて顔をふせる。

「ははは、悪い。ちょっと意地悪したくなっただけだ。ほら、顔を上げて」

しぶしぶ顔を上げると、目じりを下げて満面の笑みの彼と目が合う。

「からかったんですね」

「少しだけ」

私が軽く睨むと、彼は余計に笑った。

もう、そんな笑顔ずるい。やっぱり好きだって思ってしまう。恋心の加速が止められない。思わず胸を押さえて気持ちを落ち着けた。

そんなやり取りをしていると、ふと周りからの視線を感じた。ちょっと居心地が悪いけれど、こうやって私たちの仲のいい様子を見せつけて、お見合いの話を持ってこられないようにする。簗さんはそれが目的で結婚したのだから、少々周囲にじろじろ見られても我慢する。

「着替えも持ってきてくれて助かった。今日は荷物を取りに戻るのも時間がおしいから」

「それならあまりゆっくりできませんね」

「いや、休憩時間に妻と過ごす時間くらいはある……と、言いたいけど。タイムリミットだ」

私とペアの時計で時間を確認した彼は、お弁当箱を包み直した。

「本当に休憩はしてくださいね」

「あぁ。新幹線の中で寝るから大丈夫だ」

そう言いながら、資料や本を読んでいそうだ。家にいるときもベッドの中で眠る間際まで文献を読んでいることが多く、私はいつも先に寝てしまう。

エレベーターに乗って一緒に下に降りる。忙しいけれどロビーまで送ってくれる。

「これ、コーヒーです」

出張に向かうのでタンブラーで用意した。

「あぁ、いつもありがとう」

受け取った彼は私が外に出るまで待ってくれて、最後に私が振り向くと軽く手を上げて見送ってくれた。

外に出た瞬間、びゅーと強い風が吹き、思わずマフラーに顔をうずめた。体を小さくして駅まで歩いていると、ぐいっとうしろに手を引かれた。

「きゃあ！」

振り向くと、そこには愛理さんがじっとこちらを見て立っていた。

「驚かせてごめんなさい」

私から手を離した愛理さんは、なにか言いたそうにまだ私をじっと見ている。その強い視線にたじたじになる。

美人の真剣な顔は迫力がすごい。これからなにを言われるのか緊張で胸がギュッとなる。

「あの……なにか」

「南雲先生のことです」

たしかに私たちに共通するのは、彼のことしかない。

病院に出入りする人たちが、ちらちらとこちらを見ている。できるだけ早く話を終わらせたい。

「連絡先、教えてください」

「え？」

「だから、連絡先です。あなたの」

こんなに敵意をむき出しの相手に連絡先を教えたくないというのが本音だ。なにに使うつもりだろう。

「別に悪用したりしませんよ。南雲先生に怒られちゃうし。ただ、南雲先生の相手がどんな人なのか知りたいの。だから今度私とゆっくり会ってくれませんか？」

すぐに〝いいよ〟と言えない。

「さっきはひどい態度をとってすみませんでした。でも南雲先生をあきらめるためにも、美与さんのことを知りたいんです」

「……愛理さん」

たしかにあからさまに敵意を向けられていい気持ちはしなかったが、それでも彼女の立場になってみれば、ずっと好きだった人が急に結婚したと聞いてどれだけ傷ついただろうか。

しかも彼女は私と南雲先生が好き同士で結婚したと思っているだろうけれど、実際は都合がよかっただけだ。それも彼女とのお見合いを避けるため。

結果的に騙しているような気持ちになってしまい、罪悪感がむくむくと湧いてきた。

食堂では冷静でいられなかったのかもしれないが、今はちゃんと落ち着いて話ができている。

なんとかして築さんを忘れようとしている愛理さんを突き放していいのか迷う。

「ダメですか」

大きな目でじっと見つめられると、ダメだと言えない。

「う……あの、でしたら今度私の働いているカフェでお話しませんか？」

もしなにかあっても、ｒａｉｎなら助けてくれる人もいる。知らない場所で会うよりはいい。これが私ができる最大限の譲歩だ。

「ありがとうございます。ぜひよろしくお願いします」

頭を下げた彼女はにこっと笑った。食堂で見たあの鬼気迫る顔はなんだったのだろうかと思う。

必ずいる曜日と時間帯、それと不本意ながら連絡先を伝えると、彼女はスマートフォンに登録していた。

「じゃあ、私はこれで」

病院前でいつまでも話をしているわけにはいかない。それにこれ以上なにか言われる前にその場を去ることにした。

＊　＊　＊

美与の料理はどうしてあんなに美味しいのだろうか。見た目は普通なのだけれど、ひとたびスプーンで口に運ぶと止まらなくなる。

食べている俺を見る美与が、またかわいいのだ。あんなうれしそうな顔をされると、いくらでも食べてみせたくなる。

表情がくるくると変わる彼女を見ていると、楽しくて仕方ない。本人に言えばきっと嫌がるだろうから、言わないでおく。ひそかな俺の楽しみだ。

忙しい俺に不満を抱かず、荷物を頼んでも嫌な顔ひとつ見せない。それどころか俺の体を気遣ってサラダまで持ってきてくれた。そういう気遣いがどれほどうれしいか、彼女に伝わっているのだろうか。

午後のカンファレンスを終えて、出張に向かうために普段あまり使わないロッカールームで着替えはじめた。

「一ノ瀬ぇ～。なんで美与さん、南雲先生と結婚したんだよ」

聞き覚えのある声、加藤だ。一緒に一ノ瀬もいるようだ。

美与の名前が聞こえてきたからには、放っておけない。俺は耳をそばだてる。

「あきらめろ、加藤。相手が悪かった」

「そんなぁ。だって俺の方が先に美与さんに出会っていたのに」

悪いな、加藤。出会いも俺の方が先だ。

妙な優越感に浸るとともに、結婚して人妻になったにもかかわらずまだあきらめていないような発言にむっとする。

大人気ないと言われようと、美与に関しては一切譲ることができない。それは俺もまだ彼女の気持ちを手に入れたわけじゃないからだ。

だから俺は迷うことなく牽制する。

「悪いな、加藤。美与が選んだのは俺だ」

衝立の向こうに出ると「ひぃ」という声が聞こえた。加藤も一ノ瀬も青い顔をしてこちらを見ている。

「お、おつかれさま……です」

加藤は一ノ瀬の背中に隠れようとしているが、今さら遅い。

「あの、さっき姉に会いました」

「あぁ、俺の着替えと昼食を持ってきてくれたんだ。わざわざ、休みなのに」

ちらっと加藤を見ると、決して目を合わそうとしない。

「姉を見たら、幸せそうで安心しました」

「弟から見てそうなら、間違いないだろうな」

なかなかいい情報を持っているな、義弟よ。

自分以外の人から、美与の様子を聞ける機会は貴重だ。ほかの人から見て幸せそうだと聞いて安心する。

「おかげさまで、うまくいっているよ。今度三人で食事でもしよう」

着替え終わった俺は、一ノ瀬に笑いかけて外に出る。

「おつかれさまでした」

本当に小さな加藤の声が聞こえてきた。

加藤には悪いが、美与のことは完全にあきらめてもらわないといけない。

ゆっくりじっくり時間をかけて、自分の気持ちを伝えてふたりの関係を作り上げている最中だ。

そのうえ俺の美与に対する気持ちはどんどん大きくなっている。こんな状態で他人にふたりの仲をひっかき回してほしくない。

今日の牽制はかなり効いたはずだ。美与とのことは誰にも邪魔されたくない。自分の独占欲の強さに驚くと同時に、それくらい美与を強く思っているのだと自覚する。

出張を終わらせたら、すぐに家に帰ろう。まだ出発もしていないのにもう美与の「おかえりなさい」が恋しかった。

＊　＊　＊

ダイニングテーブルでは、この間買ったばかりの土鍋の中で金色のスープがぐつぐつと音を立てている。

私はそこに千切りにした大根やニンジン、キャベツ、ネギを入れていく。

「すごいな」

「切って煮るだけですよ。お鍋なんで。築さん、お酒飲みますか？」

「あぁ、せっかくだしもらおうかな」

なんと明日から二日間、ふたりとも休みだ。こんなことは結婚してからはじめてのことで、私は一週間前からすごく楽しみにしていた。

料理は迷ったけれど、築さんのリクエストでお鍋にした。お野菜がたくさん食べられるし温まる。

ぶり大根と炊き込みご飯も用意した。うれしくて張り切りすぎたかもしれない。

「これ、食べ方があるんで、見ていてください」

しゃぶしゃぶ用の豚肉を一枚お箸でとって、鍋の中に入れる。数回揺すって色が変わったら、千切りにしたお野菜をくるんで食べるのだ。

「熱いのでちょっと待ってくださいね」

フーフーと息をかけて冷ますと、ポン酢を少しつけた。

「はい。どうぞ」

お野菜が上手に巻けて上機嫌の私は、それをそのまま彼の口もとに持っていく。

「え……」

「あっ……ごめんなさい、違いますよね」

築さんの驚いた顔を見て、自分が彼に「あーん」をしようとしていることに気がついた。慌てて手を引っ込めようとしたけれど、彼が私の手首を掴んで私の差し出したお箸からぱくんと食べた。

た、食べた……。

絶対拒否されると思っていたのに。なんだか恥ずかしくなってしまって、彼の顔が見られない。

「なぜ、君が恥ずかしがるんだ」

「それはそうなんですけど」

聞かれてもなぜ恥ずかしいかわからない。でも食べてくれたのはうれしい。

「次も頼もうかな」

「もう……自分でできますよね」

「あぁ、そうだな」

からかうように笑う彼の腕をつつくと、我慢できなくなったのか声をあげて笑いだした。私もたまらなくなり一緒になって笑う。

「うまいよ、美与も一緒に食べよう」

「はい」

向かいに座ると、彼が私のグラスにもビールを注いでくれた。

「乾杯」

グラスを掲げてひと口飲む。炭酸がのどを駆け抜けていく。

ふたりでゆっくり食事をしながら、最近の話をする。

築さんは積極的に話をするわけではないが、私が聞いたことにはちゃんと答えてくれる。圧倒的に私が話をしているのだけれど、彼と過ごすこういう時間が私にとって大切になってきた。

「藤巻さん、ういろうすごく喜んでいました」

先日の名古屋の学会で、藤巻さんにもお土産としてういろうを買ってきてくれたのだ。渡したらとても喜んでいた。私の職場にもちゃんと気を使ってくれていると思うと、大事にされていると実感できた。

「ベタかなと思ったんだが。よかった」

「今度、藤巻さん特製オムライスをごちそうしてくれるらしいので、楽しみにしててください」

「そうか、俺は美与のオムライスが好きなんだが」

お肉を鍋の中で揺らしながら、さらっとそんなことを言われた。

好きって、オムライスがだからね。私じゃなくて、オムライスだから。

必死になって自分に対する言い訳を重ねて、ドキドキする気持ちを落ち着かせる。

彼を見たらいつも通り、食事をしていた。

私だけなんだよね……こうやって意識しているのは。

彼の一挙手一投足に心が乱される。期待しちゃいけないってわかっているから、必死になって抑えているのに、一緒にいればいるほど感情があふれ出しそうになる。

本当なら築さんのような素敵な人と、私が結婚するなんてことありえない。それでも彼のそばにいたいと思った。でも今少し後悔している。叶わない思いを胸に抱えながら本人の横にいるのが、こんなにもつらいことだと知らなかった。

「美与？」

「はい」

「ぼーっとしてどうかした？」

「なんでもないです。明日はなにを作ろうかなって思ってただけです」

彼はすぐに私のちょっとした変化に気がつく。きっと誰に対してもそうなのだろうけれど、恋愛経験の乏しい私はそういう些細な気遣いでさえ勘違いしそうになる。

「明日は、朝食以外は作らなくていい。一緒に出かけよう」

「お出かけですか？」

「あぁ、ずっと忙しくてどこにも行けてなかったからな」

「うれしいです」

思わず歓喜の声をあげてしまった。正直結婚が先だったから、恋人らしいことは一切ないままだ。一緒に過ごす時間が増えたら少しはそれらしく行動できるかもしれない。

「えーどうしよう。なに着ようかな」

そんなにたくさん服を持っているわけではないけれど、せっかくなのでおしゃれしたい。いつもよりも少し準備に時間がかかるかも。

「洋服は悩まなくていい。どうせすぐ脱ぐことになるから」

「えっ！」

脱ぐ、脱ぐって言った!?

いや、別に嫌なわけじゃない。夫婦だしもちろんそういうことだっていつかはするだろう。だけど急にそんな、築さんの前で脱ぐなんて、脱ぐ……！

頭の中で自分の言葉が自分を煽ってくる。おかげで脳が沸騰しそうだ。

「美与、顔が赤いぞ」

「いえ、だって……」

さすがに今考えていることを、彼に言うわけにはいかない。しかし、ここでも彼の察しのよさが発揮される。

「あぁ、言い方が悪かったな。意識させてすまない」

微かに口角を上げて笑う姿は、完全におもしろがっている。

「からかわないでください」

恥ずかしさをごまかそうと彼を睨むと、なぜだかもっと楽しそうにしている。

「からかってないさ。事実を言ったまでで」

「事実って、それって！」

「まぁ、明日の楽しみにしておけ」

彼が手を伸ばして私の頭をクシャッとまぜた。それだけで心臓が飛び出しそうなほどドキドキしているのに、明日の私は生きていられるだろうか。

「大丈夫、美与の嫌がることはしないから」

もちろんそんなことは重々承知している。でも私が喜ぶようなことでも、私の心臓は耐えられそうにないのだ。

「……はい」

ここはもう黙ってうなずいておくしかない。顔が熱いのは、目の前のお鍋のせいにしたい。

その日の夜もいつもの三倍は緊張していた。けれど、彼はあんなやり取りをしたにもかかわらずいつも通りで……ベッドに入ってもタブレットでなにかしら読み込んでいた。

「目が悪くなりますよ」という私の言葉に「医者の不養生だな」と小さく笑って、私に先に寝るように言った。

緊張していた私だったけれど、築さんの態度がいつも通りなのと、〝明日〟という言葉から、今日はなにもないだろうと判断して目をつむった。そして自分でも驚くほどあっさり眠りについた。


「こういう……ことだったんですね」

「あぁ。期待を裏切ってしまったか？」

いたずらめいた顔で築さんは私の顔を覗き込んでくる。

「期待以上です！　すごい、素敵！」

私はホテルのスタッフに案内されて、ブライダルサロンに足を踏み入れた。

「本日はフォトウエディングをご予約いただきましてありがとうございます」

ブラックスーツを着た同じ年くらいの女性が、丁寧に出迎えてくれた。

私ははやる気持ちを抑えきれずに、隣にいる築さんに落ち着くように言われた。

「君がそんなに興奮するなんて思わなかったな。少し落ち着いて」

「すみません、まさか全然予想してなかったので」

私を驚かせようとした彼の作戦は大成功だ。

スタッフの女性から今日の流れの説明を受ける。

「ドレスを選んでいただいた後、ヘアメイクに入ります。その後、チャペルや屋上庭園での写真撮影を行います」

聞いているだけでもわくわくする。話を聞かないといけないのはわかっているけれど、たくさんあるドレスに視線が向いてしまう。

結婚式や披露宴などという話は、ふたりの間では出ていなかった。けれど私自身、ウエディングドレスに憧れがなかったわけじゃない。ただ結婚までの経緯が特殊なのでそういうのはないと思っていた。

「撮影後、ホテルのお部屋でお過ごしいただけるようになっております。お困りごとやリクエストがございましたら、スタッフに声をおかけください」

「わかりました」

「南雲先生にはよろしくお伝えするように、支配人からも言付かっておりますので。本日はお楽しみいただければ幸いです」

そう言ってドレス選びに案内してくれる。

「おふたりで、お選びになってください」と距離を取ってくれたので、遠慮せずにあれこれ見る。

「築さん、支配人とお知り合いなんですか？」

「支配人というより、ここのオーナーの手術をしたことがあるんだ」

「それにしても、こんなに厚遇してもらえるなんて……」

「恩は売っておくものだな」

なんて言いながら、一緒にドレス選びをしてくれる。後からスタッフに聞いたのだけれど、本来なら写真撮影だけでも数カ月も前から予約しないといけないらしい。それを『南雲先生だから』という理由で対応してもらえたそうだ。

「普通はこんな手厚いもてなししてもらえませんよね？」

「手術の後、困ったことがあれば頼るように言われていたんだ。ここぞとばかりに使わせてもらった」

彼はなんでもないかのように言う。

「私のためにすみません。あまりこういうの興味ないですよね」

きっと築さん自身はこういうことに関心がないだろう。弟の与人も彼女が洋服を買うのに付き合うのは大変だと言っていた。

「まぁ、正直どれも一緒に見えるな」

「やっぱりそうですよね」

私が苦笑いを浮かべると、彼は首を左右に振った。

「でも君がドレスを着たらどんなふうになるのかには、興味がある」

「えっ」

まさかの答えにびっくりした。

「だから美与だけのためじゃない。俺のためでもある。……これなんかどうだろうか？」

彼がせっかく選んでくれたのに、固まってしまってうまく反応できない。こんなふうに言われてうれしくない女性はいないはずだ。

「どうした、あまり気に入らないか……それなら」

「いいえ、着てみます」

「いや、君の好きなドレスを着たらいい」

「ダメです！　私は築さんが選んでくれたドレスがいいんです」

私は彼が選んだドレスをスタッフに用意してもらった。

彼が選んだのはスレンダーラインのウエディングドレスで、首もとはVネックですっきりしている。上半身は華やかなレースで、スカートは何層かのオーガンジーが重なっている。清楚でシンプルに見えるが、オープンバックで大人っぽいセクシーなデザインだ。

彼が選んでくれたからと、勢いよく手に取ってみたものの……着こなせるのか自信がない。でも私もひと目見て気に入ってしまった。

こういうのは勢いが大事だわ。それに自分以外の人が選んだ方が案外似合うかもしれない。

私は自分に言い聞かせながら、用意してもらったドレスを身に着ける。

「どうですか？」

フィッティングルームのカーテンをめくって上半身を出す。

「こっちに」

簗さんに言われるまま、外に出る。着替えを手伝ってくれていたスタッフがドレスの裾を持ち整えてくれた。

自分では鏡を見た途端に気に入った。けれど私は彼の反応の方が気になる。

「……すごく似合ってる」

わずかに目を細めて、こちらを見ている。口角が上がっているのはきっと私しか気づかないだろう。

「少し大人っぽいような気がします」

「なにを言っているんだ。君は十分素敵な大人の女性だろう。綺麗だ」

「……っ」

思わず顔が赤くなる。

普段口数が少ない彼が発するひと言は、強烈に私の胸をときめかせる。彼に認められた途端、自信が持てたのか背すじが伸びた。単純だと思うけれど、できるだけ綺麗な自分を見てもらいたいのだ。

「これにします」

「ほかは見なくてもよろしいですか？」

スタッフが驚いた様子で、ほかのドレスも何着か見せてくれた。でもどれもしっくりこないのだ。私は築さんが『綺麗だ』と言ってくれたこのドレスがいい。

「では、新郎様のお衣装ですがいかがいたしましょう」

「彼女のドレスに似合うものを」

「かしこまりました。どうでしょう？　ここから準備は別にしてお互い驚かせるのはいかがですか？」

スタッフさんが楽しそうに提案してくれた。彼の方を見ると私に視線でどうする？と聞いている。

「じゃあそうします」

「では、新婦様はヘアメイクに。新郎様はお衣装をお選びください」

私が立ち上がって歩いていこうとすると、築さんが近くに来た。

「楽しみにしてる」

それだけ言い残して、さっさと自分の衣装を選びに行ってしまった。

ずるいなぁ。そんなこと言われたら張り切っちゃうのに。

実際はプロのヘアメイクの人が、私を変身させてくれた。髪を巻いて緩く編みおろしにし、そこに小さな花の髪飾りを散らしていく。子どもの頃に憧れた絵本に出てくるプリンセスのようだ。

それと同時にブーケのリクエストをする。私のイメージを伝えるとすぐに取りかかってくれて、スタッフが都度画像を見せてくれ確認をする。

カラーの花を中心にナチュラルなブーケを作ってもらう。シンプルだけれど、今日のドレスに合う。

式場のプロのヘアメイクの仕事は早い。またたく間に準備が終わっていく。

はじめてつけたつけまつげが重い。でも鏡の中に映る私はいつもの自分と違い、築さんの隣に立っていても見劣りしないのではないだろうか。

そう思いつつ最初に写真を撮る屋上庭園に向かった。

ところがそこで私を待っていた築さんを見て……まだまだ努力が必要だと悟った。

身長が高いうえに手足も長く、さらに十時間以上かかる手術に耐えられるよう普段から体を鍛えている。そんな彼がタキシードを着たらかっこいいのはわかっていたが、想像以上だった。これは結婚情報誌のモデルも顔負けだ。

遠くを眺めている彼を、カメラマンが被写体にしてシャッターを押すのもうなずける。

少し離れた場所から彼を鑑賞していたのだが、振り向かれて見つかってしまった。

「美与」

彼は私のところまでやって来て、手を出してくれた。しっかりとエスコートされ恥ずかしいけれどうれしい。

「綺麗だな、本当に」

築さんの視線がくすぐったい。でも一番褒めてほしい人に褒められてうれしくて胸がドキドキする。

これまでも夫婦を実感することはあった。けれどこうやって正装した姿で向かい合っていると、彼の妻になったのだと強く自覚する。

「こちらにお願いします」

スタッフの声に、ハッとして我に返る。

簗さんがふっと小さく笑った。

「もっと見ていたいけれど。ここは寒いから早く撮影をしてしまおう」

庭園には大きなクリスマスツリーがあり、絶好のフォトスポットになっている。私はスタッフに真っ白なファーコートを着せてもらっていたが、写真を撮る瞬間はそれをはずす。

「風邪ひきそうだな」

ロマンチックなシチュエーションなのに、まずは体を心配するのはさすがお医者様だ。

写真に写らない場所には、ストーブが何台も置かれ寒さ対策もされている。

「ではお互い見つめ合ってください」

人前で恥ずかしいと思って、視線をはずす。

「新婦様、恥ずかしがらないで。新郎様を見習って」

「は、はい。すみません」

カメラマンの容赦ないダメ出しが入る。簗さんはまったく照れることなく、じっとこちらを見ている。

みんな寒い中がんばってくれているんだから、恥ずかしがっていたらダメ。

私は気持ちを入れ替えて、指示の通り様々なポーズを取った。

……でもやっぱり恥ずかしくて。カメラマンからリクエストされるポーズが、ふたりが密着しているものが多いからだ。ウエディングフォトなのであたり前なのだけれど、こんなに触れ合っているのははじめてだから仕方ない。

背後から彼に抱きしめられて、腰に手を回される。耳もとに彼の息がかかると体に甘い痺れが走った後、ドキドキしてしまう。

「次はおふたり、額を合わせて見つめ合ってください」

築さんは戸惑うことなく、指示に従う。私も同じようにしてみるのだけれど。

これって……すごく顔が近い。

近いなんてものじゃない。お互いの呼吸の音が聞こえる。唇が触れるまであと数センチ。

「新婦様、目をふせないで新郎様の目をしっかり見てください」

言われるままに彼に視線を向けると、彼と視線がぶつかる。大きく胸が揺さぶられて、ドキッと心臓が跳ねた。

意識してしまって恥ずかしくて仕方ない。思わず目を背ける。

「美与、ダメだろ。俺をしっかり見ないと」

築さんのしなやかな指が、私の顎をとらえて無理に視線を合わせる。

「そう、いい子だ」

「……っう」

あぁ、もう彼の強く男らしい瞳に捉えられてしまった。こうなったら、逃げることなんて許されない。

熱く甘い視線にうっとりしていると、「はい、ＯＫです」とカメラマンから声がかかって現実に引き戻された。

「すごくいい表情のが撮れました。おつかれさまでした。早く中に入りましょう」

カメラマンの誘導で中に入って、控室に移動する。スタッフよりも先に、築さんがファーコートを着せてくれる。

「ありがとうございます」

「あぁ。体が冷えてるな。早く中に入ろう」

ドレスで歩くのに時間がかかってしまう。彼は痺れを切らしたのか、私をそのまま抱き上げた。

「きゃあ」

驚いた私は彼にしっかりと抱き着いた。築さんは力強い足取りで歩いていく。

背後からカメラマンの「ゆっくり」と言う声とカシャカシャというシャッターの音が聞こえてきた。

控室で温かい飲み物と焼菓子をいただいた後、今度はチャペルに移動した。

「はぁ……」

思わずため息が出た。神聖な雰囲気が肌に伝わってくる。

ステンドグラスから差し込む日の光が、幻想的に降り注いでいる。バージンロードには白い花びらがちりばめられていて、ロマンチックがこれでもかというくらい詰まった空間。ベールを通して見るとより情緒的だ。

「おふたりでどうぞ前へ」

築さんに手を引かれて、バージンロードをふたりで歩く。いつかは……という憧れがなかったわけじゃない。でもまさかこんな素敵な人に手を引かれて歩くなんて想像もしていなかった。

思わず隣にいる築さんの顔を見つめてしまう。すると視線に気がついた彼が私に目を向けた。まなざしが私の様子をうかがっている。

なんでもないと伝えるために、にこっと笑ってから前を向いて歩みを進める。

一緒に暮らしはじめて、より彼のことがよくわかるようになった。

真摯に仕事に向き合っていること。なにごとも効率的に進めること。ぶっきらぼうに見えて、誰よりも優しいこと。言葉は少なくても、表情を見ていればある程度心の内が読めること。……私を大切に思ってくれていること。

この人なら私を傷つけることはないだろう、優しい人だから。だからこそ好きと言ってはいけない気がする。一生懸命思いを返してくれようとするはずだ。でも……それは彼の心からの思いではなく義務感からだろう。彼にそんな気持ちを味わわせたくない。それなら私の思いは一生胸の中にしまっておけばいい。

それでもお互いの信頼感があれば、夫婦としてはうまくいく……はず。

祭壇まで歩いて真上のステンドグラスを見る。

「綺麗ですね」

「あぁ」

彼も目を細め、緻密なステンドグラスを見つめている。

「では、おふたり向かい合って。お互いの両手を握りましょうか」

カメラマンが指示を出してくれ、それらしいポーズを取る。もちろん彼も私も素人だから、なかなかうまくいかないのだけれど、その中の奇跡の一瞬でシャッターを切ってくれる。

「では、次はベールを上げて、顔を少し近づけていただけますか」

もう何度もやっているのでずいぶん慣れた。

「新郎様、もう少し笑えますか？」

「……無理だ」

私にだけ聞こえるくらいの声で即答していた。思わず笑ってしまう。

「新婦様じゃなくて、新郎様です」

どうやら私が勘違いしたと思われたらしい。それを聞いた彼が笑った瞬間にシャッターを押す音がした。

「次の準備があるので、しばらくこちらでお待ちください」

スタッフがみんな出ていき、ふたりで客席用の椅子に座る。

「疲れてないか？」

「はい。楽しいのであんまり疲れを感じません」

「終わったらぐったりしそうだな」

「ふふふ……そうかも」

しばらくお互い黙ったまま座っていた。そのときふと思いついたことを聞いた。

「築さん、今日はありがとうございます。すごく楽しいです」

「そうか……よかった」

「でも、どうして急に？」

彼が私のためにウエディングフォトを撮ろうと提案してくれたのはわかるが、どうしてなのか気になる。

「急いで入籍して、こういうこと一切話が出なかっただろう」

「はい」

私も生活に慣れるのに必死で、考えていなかった。

「最近結婚式をした看護師が言っていたんだ。夫婦っていう自覚が出たって」

「もしかして……それで？」

「あぁ。いい機会になるかと思って……お互いの気持ちをすり合わせる時間になればいいと思ったんだ」

たしかに夫婦なのだから、お互いのことを知るのは大切なことだ。

「自覚……出るといいな」

「そうだな、そろそろ覚悟してもらわないと、俺の忍耐力も限度がある」

「ん？」

どういう意味か聞く前に、スタッフが戻ってきた。

それから私たちは、何箇所かで写真を撮った後着替えを済ませると、ホテルの一室に案内された。

「ではごゆっくりお過ごしください。お食事は後ほどお持ちします」

スタッフの声が背後から聞こえていたけれど、私はそっちのけで豪華な部屋に圧倒されていた。

「すごい！　広い！」

ありきたりな言葉しか出てこないが、心の中ではすごく感動していた。

「スイートルームですよね。私はじめてです、こんな広いお部屋を使うの」

あまり旅行などをしない私を見かねて、与人が温泉旅行をプレゼントしてくれたくらいだ。こういうホテルに泊まった経験は、母が生きていた中学生の頃以来。もちろんこんな豪華な部屋ではなかったけれど。

築さんは私の荷物をソファに置くと、窓の外を眺めている。

「スカイツリーが見えるんですね！　すごい」

私は彼の隣に駆け寄って、一緒になって外を見て声をあげた。彼は私があまりにも騒ぐのでくすくす笑っている。

「すみません、うるさくて。でもこんなに贅沢していいんでしょうか？」

「いいんじゃないのか。いつもがんばってるんだから」

「そうですね、築さんは心配なぐらいがんばってますよね」

彼は私の方を見てあきれた顔をした。

「俺の話じゃない。君のことだ」

「私ですか？」

今度は私が驚いて、首を傾げた。

「どう考えても君の方が大変だっただろう。結婚して環境が変わったのは君の方だ」

言われてみればそうかもしれないが、自分では意識していなかった。

「大変……といえばそうなのかもしれないですけど、わりと楽しんでますから」

彼と一緒に暮らして、新しい発見が毎日ある。私にとっては刺激のある日々だ。

「無理はしてないんだな」

彼の手が伸びてきて、私の頬に触れた。

「はい。しかも今日素敵な経験ができたので充電されました」

私にとっては今のこの状況は特別なものだ。自分でも意識していなかったウエディングドレスへの憧れが現実になった。心と体が今満たされているのがわかる。

「まだこれで終わりじゃないからな」

「楽しみです！」

私は我慢できずにあちこち見て回る。彼はその様子をソファから眺めていた。

すると部屋の呼び鈴が鳴り、料理が運ばれてきた。ランチが軽いものだったので、早めに持ってきてもらえるようにリクエストしていたのだ。

「美味しそうですね。築さん、温かいうちに食べましょう」

普段自分では作らない豪華な料理の数々に、わくわくしながら準備をする。

給仕もお願いできたのだが、せっかくだからふたりでゆっくりしたいと断った。

私がワゴンからカトラリーやお皿を並べている間に、築さんはシャンパンボトルを手に取り美しいしぐさで抜栓している。

準備が終わって座っている私の目の前にあるフルートグラスに、きらめくゴールドのシャンパンを注いでくれる。シュワシュワという音が耳に心地よい。

「どうぞ」

「ありがとうございます」

まるでホテルマンかのような完璧な給仕に、思わず見とれてしまう。ぼーっとしそうになって慌てて、口を開いた。

「サラダのトマトは、私がいただきますね」

ちらっと彼を見ると「火が通っていれば食べられる」と言いながら、サラダのお皿を受け取った。その言い方がかわいくてこっそり笑った。

最初は嫌いじゃないって言っていたのに、認めちゃった。

なにかの雑誌に書いていた。男性をかっこいいと思っているうちはまだ大丈夫だが、かわいいと思いはじめたら沼のはじまりだって。

なんとなくわかる気がする。どこからどう見ても築さんはかっこいい男性なのに、どうしたって今はかわいいと思えてしまう。これは彼のことを知っていくうえでどんどん気持ちが持っていかれているからだろうか。

「美味しそう！　いただきます」

「君は魚の方が好きだって言ってたから、ポワレにしてもらった」

私の好きなものを把握してくれていることがすごくうれしくて、感動してしまう。

「大好きです。ん～美味しい」

思わず頬を押さえる私を見た彼が「大袈裟だ」と笑いながら食事に手を付けた。

＊　＊　＊

寒空の下に舞い降りた天使。

彼女を表現するには、それがぴったりの言葉だった。

真っ白なドレス、少しはにかみながらほほ笑む姿はほんのりと優しい輝きに包まれていて、一瞬言葉を失った。

こんな彼女の姿を見られるなんて……あのとき、彼女をあきらめなくてよかった。

卑怯な手を使ったことも後悔していない。

ずっと眺めていたいと思ったが、彼女に風邪をひかせてしまう。しっかりと脳内に焼きつけて、撮影に移った。

その後も、かわいらしい仕草に何度心を持っていかれたか。思いつきで喜ぶだろうかと思いながら予約したフォトウエディングだったが、こんなにかわいい美与の一瞬を写真に収められるなら、もっと早くやっておくべきだった。

撮影の後、部屋に向かった。

無邪気に喜んでいる姿を見ると、これから先を切り出していいものか迷う。ただ俺の忍耐力も限度がある。そろそろ前に進みたい。

部屋や景色に喜ぶ姿に、胸がくすぐられる。ときどき見せる表情に、愛しさが募る。

理由があったとはいえ、嫌いな相手とは結婚しないだろう。尊敬や信頼といった感情はあったはず。

それが少しずつ、夫婦の情へと移ってきているのではないかという手応えがある。

だがこれで満足なんてできない。もっと彼女のすべてが欲しい。

この俺の願いを、彼女は受け止めてくれるだろうか。

がらにもなく緊張している。彼女に伝わらないようにできるだけ自然に振る舞うので精いっぱいだった。

＊　＊　＊

食事が終わって、もうちょっと飲もうという話になった。残りのワインを手にソファに移動した。

さっきまでは青空の下にスカイツリーが見えていたのに、あっという間に日が落ちて、今は夜景がきらめいている。いつも通り私が話をして、彼が二、三個言葉を返してくれる。穏やかに耳を傾けてくれるので、ついついいろいろと話をしてしまう。

せっかくの夜景を楽しみたくて、窓辺に立つ。

スカイツリーが夜空に浮かび上がっている。非日常感が気持ちを高ぶらせてくれる。

そのせいなのか、お酒のせいなのか、いつもよりもずっと口が軽くなる。

ソファに座る彼を振り返り、尋ねてみる。

「こう考えてみたら、だいぶお互いのことわかってきたと思いませんか？」

出会ったのは八月。今が十二月だから超スピード婚の私たち。お互いわからないことだらけだったのに、少しずつ理解が進んでいるのがうれしい。

「出会いがちょっと強烈だったからな」

たしかに彼の言う通りだ。あまりある出会い方じゃない。

「お人好しが一生懸命になっていたな」

「そういうふうに見ていたんですか？　まぁ、たしかにおっしゃる通りですけど」

土地勘も力もないのに、女の子をおぶって病院に連れていこうとしていた。無鉄砲を指摘されたみたいな気持ちになり、気まずくて窓の外に視線を移した。

「でもそれを言えば、築さんだってお人好しですよ。女の子を病院に連れていってくれたし、私のことも家に泊めてくれました」

「そうだな、俺もたいがいお人好しだな」

彼が笑いながら立ち上がって、私の背後に立った。

振り向いて彼の方を見ようとしたけれど、彼がそれを阻んだ。そしてゆっくり私を抱きしめた。

彼の体温を感じて体が小さく震えた。写真を撮るときに何度となく密着したけれど、そのとき感じた緊張のようなものとは桁違いだ。どんどん心臓の音が大きくなっている。

「美与、今日は……もう少し君のことを知りたい」

私に回された彼の手に力が入り、抱きしめる力が強くなる。それに伴い私の心臓が張り裂けそうなくらい暴れだす。

恋愛に疎い私だって、彼の言葉の意図がわからないわけじゃない。私が断れば無理に進めることもないだろう。けれど次、いつこんな状況になるかわからない。下手をすれば……もう二度とこんなことはないかもしれない。

彼が私を愛していないのはわかっている。不本意な結婚をさせられる前に、しがらみのない私を選んだのだと理解している。

彼は誠実な人だ。結婚したからには私以外の相手と付き合うことはないだろう。だからこういうことを求める相手も必然的に私となる。健康で健全な男性ならあたり前のこと。もちろん私の気持ちを無視することはない。

恋愛感情から求められているわけではないとわかっていても、私は彼が好きだから……この申し出を断るなんてできない。

「私も、築さんのことが知りたいです」

彼の手に自分の手を重ねた。思っていたよりもずいぶん小さな声になったけれど、彼にはちゃんと聞こえていたらしい。

彼がゆっくりと手を緩めると、私を振り向かせた。

これまで何度も見てきた彼の瞳。でも今まで感じたことのない熱を帯びているのがわかる。

「本当の俺を知って、後悔しなければいいが」

「するわけないじゃないですか」

私が上目遣いをして様子をうかがうと、彼がのどの奥で小さく笑った。

そう、私が後悔なんてするはずない。だってこんなにも彼が好きなんだから。ただ、自分の気持ちに素直になっただけだ。

「いい覚悟だ」

彼は小さく笑うと、私を抱き上げた。普段から鍛えている彼の逞しい体つきに、一気に男を意識してしまう。

「歩けるので、降ろしてください。私、重いから」

「今さらだろう、それに今は少しも離したくない」

そこまで言われると、おとなしくするしかない。私だって、彼と離れたくないから。

彼がどういう気持ちなのかはわからない。ただ夫婦としてやっていくうえで、避けては通れないことだ。彼が私と名前だけの夫婦でいるつもりはないことだけはわかる。

彼はお互い都合がよかっただけだと思っているかもしれないけれど、それでも責任感から大事に扱ってくれる。

プロポーズのときに『君を幸せにしたい』と言った彼の言葉を違えることなく、私を大切にしてくれている。彼にすべてを捧げるには十分だ。

頭の中で決心を固めていると、あっという間にベッドルームに運ばれ、優しくベッドに座らされた。私の前に彼が膝をついて靴を脱がせてくれる。

「小さい足だな」

彼はそう言いながら、私の膝がしらにキスをした。くすぐったさと恥ずかしさで脚を引っ込めようとしたが、彼はそれを許してくれない。

「じっとして」

上目遣いで言われて、なぜだか素直に聞いてしまう。完全に主導権は築さんだ。私はされるがまま靴を脱がす彼の後頭部を見ていた。

すると彼が顔を上げ、目が合った。それだけで恥ずかしくて顔から火を噴きそうだ。目が合ったくらいでこんなになっていてどうするの？　これからもっとすごいことをするのに。ふと想像しそうになってかき消した。自分で羞恥心を煽ってどうするのだ。

ドキドキしすぎて、心臓が口から飛び出しそうだ。なんとか気持ちを落ち着かせるために、彼から視線を逸らした。

けれど……彼はそれを許してくれない。すぐに彼の手が私の顎先を掴んで、彼の方に強引に視線を向けさせられた。

熱いまなざしに身が焦がれる。耐えきれなくて目をぎゅっとつむると、鼻先に吐息を感じすぐに唇が重なった。

「んっ……」

目を閉じているのに、瞼の裏に色気にまみれた彼の顔が思い浮かぶ。これまでにないほどの深いキスに、彼の本気を感じた。

彼の舌先が閉じた私の唇をくすぐる。彼の要求に素直に従って私が薄く唇を開くと、彼の舌がすぐに差し込まれた。

わかっていてもびっくりして肩が震えた。彼は私の反応を見て背中を大きな手のひらでなでる。落ち着かせるつもりだろうか。だが完全に逆効果だった。

彼に触れられる箇所から甘い熱が広がっていく。思考なんてとっくにどこかへいってしまって彼のことしか考えられなくなった。

キスはどんどん深くなっていく。気がつけば私は必死になって彼の舌に自分のそれを絡めていた。そのままベッドに押し倒された。

唇が離れ、彼が耳もとに唇を寄せる。小さなキスでくすぐられた後、低い声でささやかれた。

「君はすごく甘いんだな。新しい発見だ」

「……っう」

全身から火が噴き出しそうだ。私だって新しい発見をした。彼が情熱的だってことを。もちろんそれを告げる余裕なんて一ミリもなくて。

身に着けていたニットをたくし上げられた。抵抗する暇すら与えられず脱がされる。

手で隠そうとするのを彼がそっと止めた。

そしてあらわになった胸のふくらみに顔をうずめる。

「あっ……」

思わず出そうになった声に、慌てて口もとを押さえた。

「さっきから、そのかわいい手がずっと俺の邪魔をするな」

彼が小さく笑いながら私の手をどけた。

「だって……恥ずかしいです」

まるで自分の声じゃないみたいだった。自分でもびっくりした。

「俺が聞きたいって言っても？」

「その言い方はずるい……」

彼はわかって言っている。私がそう言われたら抵抗できないことを。

軽く睨むと、なぜだか彼は笑った。

「そんなかわいい顔をされたら、ますます意地悪したくなる」

意地悪ってわかってやってたんだ……。

もうなにもかも彼の思惑通りだ。私はきっとどうしたって彼に逆らうなんてできない。

だって好きなんだもの。最終的にはすべてそこにいきついてしまう。

首筋を這っていく唇。肩を甘く噛まれた。痺れるような感覚に翻弄されていく。

気がつけば一糸まとわぬ姿になっていた。彼が少し乱暴に服を脱ぎ捨てる姿が目に飛び込んできて、慌てて目を逸らした。

「ちゃんと、こっちを見て」

私はゆっくりと視線を彼に戻す。鍛え上げられた彼の体が男らしくて、思わず手を伸ばした。優しく触れると彼の体が少しだけ揺れる。

あぁ、私も彼を感じさせることができるとわかると、うれしくなって彼の素肌の上に指をすべらせた。彼はじっと目をつむって耐えているように見えた。

「もういいだろう……すごく、じれったい」

彼が私の手を止め、そこにキスをした。その顔がすごく色気にまみれていて言葉が出ない。

そこからの記憶が曖昧だ。お互いの素肌が触れ合い熱が高まっていく。

恥ずかしさを感じる暇すらなく、私は全身で彼のすべてを受け入れていた。

乱れたシーツの上、彼の腕の中で息をどうにか整える。甘くてけだるい体。けれどそれがなんとも言えずに幸せで。私は目を閉じて彼と深く繋がったのだと実感していた。

「体、つらくないか？」

「少し……でも、立派なお医者様がそばにいるので大丈夫です」

彼の胸に顔をうずめて甘えてみた。すごく愛おしくて、こんなに近くにいるのにもっと近づきたいと思ってしまう。

言葉にならない気持ちを、態度で表してみる。

「美与はわかっていないな。その医者が君をこんなふうにしたのに」

「ふふっ、そうでした」

腕の中で彼の様子をうかがうと、ちょっと気まずそうな顔をしていた。

今日は本当に私の知らない彼の表情をたくさん見られた。

「私、ちゃんとあなたの奥さんになれてますか？」

「……どうした、急に？」

それまで私を抱きしめていた手を緩めて、顔を近づけてきた。

「いいえ、なんでもないです。気にしないで」

思わず気弱な言葉が口をついて出た。幸せだから欲張りたくなった。もしかしたらほんの少しくらいは、恋心を抱いてくれないかなと。

いいや、好きになってくれなくてもいいから、せめて好きでいさせてほしい。もう彼への気持ちを隠すのがつらくなってきた。

夫婦の義務としてでもいいからと、さっき決心したのに。

まだいぶかしんでいる彼に、水を持ってきてもらう。

その間に気持ちを切り替えないと。さっきまで彼がいた場所に手を伸ばして、自分の気持ちを決して押しつけないとあらためて決心した。

第五章　愛を捧げる夜

バゲットにバターを塗って、焼いた厚切りベーコンにきゅうりとレタス。もうひとつには卵フィリングとアボカドとサーモン。今日の弁当はサンドイッチのようだ。忙しい俺になるべくきちんと食事をとってもらいたいという思いで、弁当を作ってくれている。直接言われていないが、そのくらい食べたらわかる。

「唐揚げ好きそうだから、もう一個入れよう」

俺に気がつかずに、独り言をつぶやくうしろ姿がかわいい。もちろん唐揚げは好きだ。でも美与のことはもっと好きだ。ストレートに伝えられたらどれほどいいか。

体を重ねてから、彼女に対する思いがどんどん大きくなっている。これまでだって人並みに恋愛をしていたつもりだった。でもこれまでの恋愛はおままごとみたいなものだと気がついた。本当に人を好きになるというのは、こういうことなのだと。

「うまそうだな」

「きゃぁ」

突然背後から声をかけると、ビクッとする。かわいすぎて思わず笑ってしまう。

「急に声をかけないでください。驚いちゃう」

拗ねてみせる彼女の顔がかわいい。思わず人差し指でその頬をつついた。

「朝ご飯、できてますよ」

「ありがとう」

ランニングから帰ってきてシャワーを浴び終える頃には、いつもきちんと食事の準備がされている。

キャベツとお揚げのお味噌汁。炊き立てのご飯に目玉焼き。王道だが俺が一番好きな朝ご飯のメニューだ。

「いただきます」

キッチンにいる彼女に聞こえるように手を合わせてから食事をはじめた。

「うまいな」

思わず漏れた声に、美与がうれしそうに笑う。

「築さんは、いつも美味しいって言ってくれるから作りがいがあります。与人なんか黙って食べはじめて、黙って食べ終わるんですから」

そんなことを言いながら、俺の前の席に座って食事をはじめた。忙しい俺に食事の時間も合わせてくれている。

あぁ、俺は間違いなく幸せだ。

四六時中彼女と一緒にいたい。もちろんそんなことが許されないのはわかっている。これまでは仕事だけが大切だった。今の自分が信じられない。

「今日は遅くなる……帰れるとは思うが」

「わかりました。連絡できるようならしてください」

いつも通り玄関先まで彼女が見送ってくれる。

「行ってくる」

「いってらっしゃい」

いつも通りの会話。そして彼女の肩を引き寄せて、唇にキスを落とした。

体を重ねるまで額や頬だったのが、唇に昇格した。こうやって少しずつだけれど俺たちの関係は変わっている。

「美与も無理しないように」

「はい。築さんも気をつけて」

いつまでも玄関で、もたもたしているわけにはいかない。

気持ちを切り替えて、医師、南雲築となり病院に向かった。

十四時。二件のオペを終えてデスクで美与の作ってくれたサンドイッチを食べる。買いに行く暇もないほどの慌ただしさだったので、手作りの弁当が食べられるのはありがたい。

買いに行けたとしても美与の弁当の方がうれしい。だがそれを伝えると、彼女は無理にでも準備しようとするだろう。どう伝えたら負担にならずに、感謝の気持ちを伝えられるのか難しい。

これまでの人生、わりと器用にこなせてきた。片親だったせいか周りにそのことでとやかく言われたくなかったのもあったが、人と比較してできないことがあまりなかった。

それがこんなにも、ひとりの女性について深く思い悩む日がくるなんて。

「南雲先生、今度の勉強会参加する？」

背後から声をかけられて、慌てて最後のひと口を口に放り込んだ。急に現実に引き戻された。相手は同期の消化器外科の西岡だ。

「任意のものだろう、悪いが必要ない」

「あなたが会いたがっていた、T大の太田《おおた》教授も参加されるの。頼み込んで来てもらうの、だから――」

「この間の学会で話をして連絡先を交換している。勉強会で会う必要はないな」

個別にやり取りをしている。わざわざ大勢で会う必要などない。時間のロスだ。

「そんな！　私、あなたのためにセッティングしたのに」

「悪いな」

さすがに時間の無駄とは言えない。

「結婚してからちょっとおかしいわよ」

西岡が目を細めて不満げに言った。

「どこがおかしいっていうんだ？」

むしろ心身ともに健康だ。仕事だって順調そのもの。

「医師としてのあなたを尊敬していたのに、家庭を持ったら丸くなるなんて」

「それはそっちが勝手にそう思っていただけだろう。俺はそんなにストイックじゃない」

「なんであなたの相手があの子なの？」

なにを言っているのか理解できずに、俺は西岡の顔を見た。唇をわなわなと震わせて怒りをあらわにしている。しかし俺はなぜ彼女がこんなにも怒っているのか理解できなかった。

「あの子って……美与のことか？」

「そうよっ！　まだ愛理ちゃんだったら我慢できた、教授の娘だから。出世には足がかりが必要だし、あなたのためになる結婚だもの」

ヒートアップしてきて、声が大きくなる。

「その話、今必要か？」

「えぇ、もう我慢できないもの。あんな子と結婚するなんてどうかしてるわ。なんのために今まで私があなたへの気持ちを抑えてきたと思ってるの」

「……どういうことだ」

低い声で問いただす。西岡は俺を睨みつけた。

「本当に鈍感ね。私はずっとあなたが好きだったのに」

鈍感と言われればそうかもしれない。腕のいい同期だと思ってはいたが、女性として見たことは一度もない。だから彼女の好意にも一度だって気がつかなかった。

「悪いが君の気持ちには応えられない」

「奥さんがいるから？」

聞かれて考えたが一瞬で答えが出た。

「いや、たとえ結婚していなくても美与以外は考えられない」

結婚は誰でもよかったわけじゃない。美与だから自分らしくなく衝動的にプロポーズをしたし、会っていないときにも思いを馳せる。ほかの誰かでは今のような生活はしていない。

「……ひどい男」

吐き捨てるようにして、部屋を出ていった。

ひどい……か。だが中途半端な答えで期待させる方がよほどひどいだろう。これからの関係を考えても、遠回しな表現は絶対してはいけなかった。

「はぁ……」

せっかく美与の弁当を食べて気力も体力も復活していたのに、一気に疲れた。

部屋にノックの音が響く。

「はい」

返事をするとすぐに、後輩医師が入ってきた。

「西岡先生、すごい勢いで飛び出してきましたけど。なにかありましたか？」

戸惑っている様子が手に取るようにわかる。

「なんでもない。どうした？」

「はい……こちらなんですが」

手もとのタブレットを見せられた。すぐに頭を切り替えて〝南雲先生〟になる。話を聞いている間に、ドクターヘリの音が近づいてきた。

どうやら今日は帰れそうにない。少しの時間を見つけて、美与に連絡しよう。

彼女は俺がいない夜を寂しいと思ってくれているだろうか。俺のことが好きで結婚したわけではないとわかっているけれど、せめてそのくらいは思ってもらえる夫になっているだろうか。

疑問に思ったところで、彼女に直接聞くわけにもいかず。

ただ、そうであってほしいと願うだけだ。

＊　＊　＊

昼下がりのｒａｉｎは今日もまったりと時間が過ぎていた。もともと近所の人がちょっとお茶を飲みに来るような場所だ。お客様がまったくいない時間帯も珍しくない。

そんなｒａｉｎだが最近ちょっと様子が違っている。

「美与さん、今日はカフェラテお願いします」

扉が開くと同時に、オーダーしながら愛理さんが現れた。案内する前にカウンターに座ってひと息ついている。

「いらっしゃいませ」

彼女の前にはすでに参考書が広げられている。邪魔にならない位置にお水とおしぼりを置く。

愛理さんと連絡先を交換した後、すぐに電話がかかってきた。連絡がこなければいいなというほんのちょっとの期待は見事に裏切られた。

時間を空けないうちにｒａｉｎにやって来て、それから何度もここに来ている。

「今日、南雲先生は来るかな？」

「どうでしょうか。とくになにも言ってなかったけど」

彼は約束して来ることもあれば、仕事終わりにふらっと寄ることもある。私のシフトを共有しているのでタイミングが合えば来るといった感じだ。

「本当ですか？　隠してません？」

いぶかしんで私の顔を覗き込んでくる。私はそれを苦笑いで返すしかない。納得はしていないようで、しぶしぶ椅子に座り直した。

私はカフェラテの準備をする。丁寧に泡立てたミルクフォームを用意してエスプレッソの上に注ぐ。ふわふわの泡がカップのふちギリギリのところに収まった。

「おまたせしました、がんばって」

「ありがとうございます」

そっとテーブルの上に置いてカウンターの中に戻る。

愛理さんを見ているとカフェラテをひと口飲んだ後、すぐに集中して勉強をはじめた。もうすぐテストがあるとこの間言っていた。与人も在学中はテストのたびに苦労していたようだった。

外で勉強した方が集中できるタイプらしく、ここに来てはいつも勉強をしている。

愛理さんもお医者様になるんだな……。みんなすごいな。

言動がまだ幼いと感じることもあるが、こうやって努力している姿を見たら愛理さんのすごさが伝わってくる。私はどうやったって医師を目指そうなんて思えなかったから。

私もカウンターの中に入り、自分の仕事をする。三十分くらいしてから扉が開いて入ってきたのは与人だった。

「いらっしゃい」

声をかけた私ではなくて、カウンターにいる愛理さんを見て驚いている。すぐに私の方に視線を向けると小さく首を振った。

もしかして愛理さんとあまり関わりたくないのかもしれない。愛理さんのお父様は大学教授だと聞いた。人間関係がいろいろあるのだろう。私は与人の気持ちを想像して、他人として振る舞うことにした。

ちょうどほかのお客様がいなくてよかった。

与人は普段は座らないテーブル席に座った。私はお水とおしぼりを席に持っていく。

「ご注文はお決まりですか?」

「コーヒーと、サンドイッチを」

いつもと同じメニューだ。注文している間も視線で愛理さんの方をちらちら見ながら、口パクでどういうこと?と聞かれた。

私は首を傾げるしかできない。アイコンタクトだけで伝えられるような話じゃない。

与人もそれは理解できたようで、とりあえず他人の振りを継続することにした。

サンドイッチを作りながら、サインフォンを準備する。与人も最初こそは愛理さんを気にしていたけれど、そのうちスマートフォンを取り出していつもやっているゲームをしはじめた。

サンドイッチとコーヒーを持っていくと、すぐに食べはじめる。かなりお腹が空いていたようだ。

与人へ食事を運んだ後、愛理さんから「美与さん」と声をかけられた。

「はい、どうかしましたか？」

トレイを持ったまま、彼女の隣まで行く。

「実は今日、飲み会があるんですけど一緒に行きませんか？」

「私？」

「はい。女の子の数が少ないんです。それに年上のお姉さんが来てくれたらみんな喜ぶと思うの」

手を胸の前で組んで、祈るような顔で首を傾げている。

「いやぁ、私もともとそういうのには参加したことがないから、私みたいな人がいると盛り上がらないよ」

高校を卒業してからすぐにここに就職したので、学生時代も社会人になってもいわゆる飲み会のようなものに参加したことがない。

「飲み会、経験なしですか!?　それなら一度くらいいいじゃないですか。行ってみなければ楽しいかどうかわからないですし」

「それはそうかもしれないけど、私はいいかな」

知らない人とお酒を飲むなら、家で築さんが帰ってくるのを待っている方がいい。

そもそも既婚者なのでそういう場には出向くつもりはない。

これ以上は話を長引かせたくないと思って、カウンターの中に戻る。

「なによ、せっかく誘っているのにっ」

不満の声が聞こえてきたけれど、知らない振りをした。仕事中だから許してほしい。

愛理さんがここにやって来ているのは、私の人柄を知りたいというのが理由だったはず。もしかしたらその延長線上で誘ってきたのかもしれない。

とはいえ、飲み会はなぁ。

私は手を動かしながら、今後の愛理さんとの付き合いについて考えなくてはいけないと思ってしまった。

「お会計、お願いします」

レジを済ませた彼女は「やっぱり、飲み会来ませんか？」と最後に聞いてきたけれど、私は丁重にお断りをした。

ぱたんと扉が完全に閉まってから、与人が立ち上がって私のところにやってきた。

「なぁ、あれって大沢教授の娘さんだろう。なんでここに来てるの？」

「なんでって、成り行きで」

「どんな成り行きでそんなことになるの？」

　私だって知りたい。

「こわいこわい、できれば関わりたくない。娘さんに嫌われて教授に虐げられるなんてことあったら困る」

　自分の体を抱きしめて、ブルブル震える振りをしている。

「姉ちゃん、大丈夫なの？」

「どうして？」

　与人は心配そうな顔をしている。

「だってあの子、南雲先生のことをずっと追いかけていただろう」

「知っていたのね」

「まぁ、結構有名な話だったから。あのふたり結婚するんじゃないかって。実際、ほら……お嬢さんの方は南雲先生に夢中だし」

　言いづらそうにちらちらこちらを見ている。

「そうみたいだね」

「知ってたの？」

「うん……あまりいい感情は抱かれていないと思うんだけど」

「だったら、なぜここに来ているんだろう?」

「与人も疑問に思う?」

力強くうなずいた。やっぱり与人から見ても愛理さんの行動は不思議なのだろう。

「だって、おかしいだろ。南雲先生と結婚した姉ちゃんを飲み会に誘うなんて普通はしないよ」

「顔も見たくないって思う方が普通だよね」

与人が、うんうんとうなずく。やっぱり私の考えは間違っていなかったのだと思う。

「姉ちゃん、なにもないと思うけど一応南雲先生にはちゃんと相談しておいた方がいいよ」

「うん、そうする」

今のところは、この店で会うだけでなんら嫌な気持ちになることもない。ただ念のために話をしておく方がいいだろう。


「おつかれさまでした」

私はぐるぐる巻きにしたマフラーの中に鼻先まで埋めて帰る準備をした。覚悟がないと外へ出られないくらい寒そうだ。今日は閉店までのシフトだった。片付けをしていたら二十時を越えている。

「ほんと寒いな。今日はうち、おでんなんだ」

藤巻さんがうれしそうにニコニコしている。

「おでんかぁ、最高ですね」

うちも近いうちにおでんにしよう。朝から仕込んでおけば夜には味がしみた美味しいおでんができるはずだ。

築さんに好きな具材を聞いておこう。

そんなことを考えていると、バッグの中でスマートフォンが震えているのに気がついた。

築さんからだ！

うきうきしてバッグから取り出したけれど、そこに表示されていた名前は愛理さんだった。

こんな時間にどうしたんだろう。忘れ物、あったかな？

そんなことを考えながら通話ボタンを押す。

「もしもし」

『助けてっ！』

「えっ、愛理さん？　どうしたの？」

『駅前のカラオケにいるの。でも男の子たちが怖くて。今トイレで電話してるんだけど』

「駅前、カラオケ？」

早口で店名を教えられる。

『助けてくれそうな人、美与さんしかいないの、だから絶対に来てっ！』

「愛理さん――あっ」

受話器の向こうからはツーツーという音しか聞こえない。突然通話が終了して嫌な予感がどんどん押し寄せてくる。

こういうときどうしたらいいんだろう。

「美与ちゃん、駅前のカラオケがどうかした？」

藤巻さんが首を傾げている。

「いいえ、なんでもないです。ちょっと急ぐので、失礼します」

ここで変に藤巻さんに話をして心配させてもいけない。とりあえず私は駅前にあるカラオケ店に行ってみることにした。

「大丈夫？」

「はい、おつかれさまでした」

私は頭を下げて、足早に駅前に向かう。なんでもないことを確認して帰ればいい。歩きながら愛理さんに連絡をした。けれど呼び出し音があってもまったく応答がない。

心配と緊張で心臓がドキドキする。気持ちがはやるせいか、小走りになる。私は息を切らせながら必死になって愛理さんがいるであろうカラオケ店に向かった。

駅前の大通りから一本入ったところにあるカラオケのチェーン店、ギラギラした看板に受付は二階と書いてある。階段を上がり切ったところで、ここからどうしたらいいのかわからずに、立ち尽くした。

個室を一部屋一部屋確認させてもらうわけにもいかず、かといって受付で愛理さんの特徴を伝えたところで、案内してくれるだろうか。

もう一度彼女に連絡をするしかなさそうだ。ガンガンと流行の歌が流れる中で、私は不安と闘っている。

どうかなんでもありませんように。

「美与さんっ！」

通路から声が聞こえたので振り向く。すると一番奥の部屋の扉が開いて、愛理さんが飛び出してきた。

「よかった、無事だった」

私は駆け寄ってきた彼女の様子を確認してほっとする。事件や事故に巻き込まれたのではなかったのだ。

「とりあえず、帰ろう」

なにがあったのか話を聞くのは後にする。まずはここから出るのが先だ。

「帰るって、どうして？」

「だって愛理さんが助けてって言ったんじゃない。とりあえず荷物は後で取りに来よう」

私は彼女の手を取るとさっき上ってきた階段に向かって歩きだそうとした。

しかし逆に愛理さんに腕を掴まれてしまう。

「帰るなんてもったいない。みんな美与さんを待っているのに」

「待つってどういうこと？」

ここに来てやっと気がついた。助けてと言っていた彼女がどうしてひとりでここに出てきているのか、まったく切羽詰まった様子もない。

もしかして、私騙された？

気がついたときにはもう遅い。ずるずると引きずられて最奥の部屋に押し込まれていた。

暗い部屋で頼りになるのは大きな画面のあかりだけ。耳を塞ぎたくなるような大音量の中、私は見知らぬ男性たちに囲まれていた。手にはすでに泡がなくなってしまったビールのグラス。飲めと言われたので、ちびちびと飲んでいた。

「俺、かわいいおねーさん大好きなんだ。ねぇ、一緒になにか歌おう？」

「い、いいえ。私、歌はちょっと」

カラオケは嫌いじゃない。でもこんなわかりやすくピンチの中、歌えるほど肝が据わっていない。

「えーじゃあ、手を繋ごうか。仲良しのしるしに」

「それもちょっと、ごめんなさい。それに私、結婚しているので」

いったいいつ仲良しになったのだ。手を繋ぐなんてとんでもない。

「えーじゃあ、人妻じゃん。エロ」

あまりにも自分の生活の中にいないタイプの人たちに、どう対処していいのかわからない。

「私そろそろ……」

「えー嫌だ、帰らないで」

愛理さんが私を引き止める。

「せっかく仲良くなろうと思って誘ったのに、悲しい」

「そうだよ、みんな美与さんと仲良くなりたいのに」

男性がはやし立てる。

愛理さんになにかあったら、私はここに来た意味がなくなる。覚悟を決めてグラスを持ち炭酸の抜けたビールをごくごく飲んだ。

「いいねぇ、もっといけるよな」

グラスに新しいビールが注がれる。まだ大丈夫だけど、これ以上飲んだらやばいかもしれない。どうにかしてここから抜け出さないと。

「そろそろ帰らないと、主人が心配するので」

私の言葉を愛理さんがすぐに否定した。

「うそつき。南雲先生はまだ仕事中でしょう。ちゃんと調べてあるんだから私」

どうやら愛理さんは、簗さんの予定を知っているようだ。院内の誰かが伝えているのかもしれない。

「私たち仲良くなろうって言っているだけなのに、どうして逃げるんですか。寂しいな」

愛理さんはそう言いながら、私のグラスになみなみとビールを注いだ。

「こういうやり方じゃなくて、もっとほら、ほかの方法でね？」

相手を刺激しないように穏やかに伝えつつも、どうにか今の状況から逃げ出す方法を考える。相手もお酒が入っているせいか、言動が乱暴だ。

「そうだよな。もっとほかの方法で仲良くなろうか。愛理」

愛理さんの隣にいた男性が、彼女の肩を抱き寄せて耳もとに唇を寄せている。

「やだ、やめて！　気持ち悪い」

「おいおい、そんな言い方ないだろう。もっと仲良くなれるよな俺たち」

「きゃぁ！」

いきなり男性が愛理さんに覆いかぶさった。周囲にいる男性たちははやし立てるだけで、誰も助けようとしない。

「やめなさいっ！　……離して」

すぐに止めに入ろうとしたけれど、両腕を引っ張られて愛理さんに近づけない。

「やめて！　あんたたちみたいなクズが私に触っていいわけないでしょ！」

必死に抵抗する愛理さんだったが男性の力にはかなわない。ぎゅうっとソファに押しつけられている。

「愛理、お前生意気なんだよ。お嬢様かなんだか知らないが、俺たちのことばかにしすぎじゃない？」

「やだ、やめて。これまでのこと、謝るから。やめて」

「謝る？　お前が、あの美与って人にしようとしてたことを、自分がされる立場になったら許してほしいって都合がよすぎないか？」

男性の話した内容に衝撃が走る。愛理さんが今日私を呼び出して、男性たちになにをさせようとしていたのか……。

「うっ、うっ。やだぁ」

愛理さんはもう言葉が出ないようで、ただ泣いていた。自分を傷つけようとした相手をかばう必要なんてない。でもどうしても放ってはおけない。

「お姉さんは、こっちで俺たちといいことしよう」

私を押さえつけていた男性が手を緩めた瞬間、私は愛理さんに覆いかぶさっている男性を引き剥がした。油断していたのか相手が愛理さんの上から降りた。それと同時に愛理さんを引っ張って立たせ、私の背後にかばう。

「……どうして……私をかばうの？」

「どうしてって……あなたが傷ついたら悲しむ人がいるから。ご両親だってきっと築さんだって、悲しむよ」

彼女がどんな人でも、彼女を大切に思う人はいるのだ。だから放ってはおけない。

私の言葉を聞いて、彼女は私の手をギュッと握りしめた。

「ごめんなさい」

「謝罪は後で。どうにかして、ここから出よう」

しかし扉の前には、男性がひとり立っていて私たちを外に出さないようにしている。そこを塞がれたらどうにもできない。

私は壁にかかっているインターフォンをとった。これでフロントに連絡が行くはずだ。こちらが反応しなければ、様子を見に来るだろう。

「おい、それ返せ」

男性たちも私の意図に気がついたのか、必死になってインターフォンの受話器を奪おうとしてきた。ぎゅっと死守していたけれど、奪われそうになった。その次の瞬間。

バンッという大きな音とともに、扉が廊下から強引に開けられた。ドアノブを持っていた男性はそのまま外に引きずられた。

驚いてなにが起こったのかわからなかった私は、どうにかして愛理さんを守ろうと、ぎゅっと彼女を抱きしめていた。

「美与っ！」

その声を聞いてぎゅっと閉じていた目を開けると、そこには息を切らせた築さんがいた。

「築さんっ」

彼はすぐに私たちの方へ駆け寄ってきた。そこに、入口に立っていて引きずられた男性が怒りをあらわに襲いかかってきた。

「築さん、危ないっ」

私が声をかけると同時に、彼が腕を振り抜く。すると男性はさっきよりも大きな音を立ててテーブルにぶつかった。

「美与、大丈夫か？」

先ほど引っ張られて抵抗した際に、洋服や髪が乱れているが、ケガはしていない。

「私は平気。でも愛理さんが」

「わかった」

築さんは愛理さんを抱き上げて廊下に出る。遠巻きに見ていた従業員がすぐに警察を呼んだようだ。

私たちは気を使ってくれた従業員の案内で、別の部屋で警察の到着を待つことになった。

「愛理、大丈夫か？」

「うん……」

涙でぐしゃぐしゃになった顔を一生懸命拭っている。

「とりあえずお父さんに連絡をするんだ」

「……っ、パパはダメ」

首を振ってしきりに嫌がる姿は、年齢よりも幼く見えた。

「ダメってどういうことだ。今のお前が今日のことの責任を取れるとは思えない」

「築さん……ご存じなんですか？」

彼は私の方をちらっと見て、説明をしてくれた。

「美与の行方がわからなくなって、一ノ瀬に連絡を取った。そしたら昼間愛理が美与を執拗に誘っていたって話が出たんだ」

あのとき与人がいてくれてラッキーだった。心底そう思った。

「ただ居場所がわからなくて、藤巻さんに連絡した。そしたら、彼がここの名前を憶えていたんだ。本当に助かった」

あぁ、あのとき藤巻さんがいる場所で電話を受けてよかった。偶然が重なって今、私と愛理さんは無事なのだ。

「詳細はわからないが、愛理が執拗に美与を誘っていた。それなのに美与からは俺になんの連絡もなかったってことはできなかったってこと、その時点で愛理がなにか画策した可能性がある。俺はなあなあにするつもりはない」

先ほど男たちも言っていた。最初は愛理さんが私を陥れるために呼び出したのだと。

「……うっう……わかった。私がばかだったの。美与さんを少し怖がらせようと思っただけなのに」

一度止まっていた涙があふれ出している。

「私だって……ずっと南雲先生のことが好きだったのに。急に出てきた美与さんにとられちゃって悲しかったの」

「自分の気持ちを押しつけ、人に迷惑をかけるような子どもはごめんだ」

取り付く島もないほどばっさりと言い切った。

「私もそう思う……美与さん、こんな私をかばってくれたの。もうかなわないなって。自分がすごく子どもだって実感した」

愛理さんは私の方をまっすぐ見た。これまではどこか探ったり値踏みしたりするような視線だった。でも今は純粋に申し訳なさを滲ませた視線だ。

「美与さん、ご迷惑をおかけしました。ごめんなさい」

深く頭を下げた彼女は、ぐっと奥歯を噛みしめて泣くのを我慢しているようだ。

彼女のやったことは浅はかで、結果警察を呼ぶような事態になってしまった。そのこと自体は償わなくてはいけない。

ただずっと彼女に対して、許せない気持ちを持っていたくはない。

「ちゃんと反省したら……またコーヒーを飲みに来てください」

「美与さん……」

彼女は泣きながら何度もうなずくと、自ら父親に連絡していた。

警察の到着と同じくらいのタイミングで、愛理さんのご両親も現れた。父親は愛理さんを叱った後私と簗さんに深く頭を下げた。

「このたびは娘がご迷惑をおかけしました。本人にはしっかり反省させます」

この後警察からの事情聴取もあるだろう。

「わかりました」

さすがに今の段階で許すとは口にできない。ただ、簗さんを思う純粋な気持ちはわかるのだ。小さな頃から憧れていた相手があっという間に結婚してしまって気持ちの折り合いがつかなかったのだろう。だからって決してやっていいことではないけれど。

ただ、私は築さんがお見合いから逃げるために結婚相手に選んだだけの妻だ。だから彼女に対してうしろめたい。

こんな気持ち、本当に愛し合って結婚していたら感じなくて済んだのかな。

私は彼が困っているのに付け込んで結婚しただけ。それでも結婚したいと思ったずるい女なのだ。

「美与、どこか痛いのか？」

「いいえ……家に……帰りたいです」

様々な感情が浮かんできて制御できない。早く家に帰って落ち着きたかった。

「わかった。早く帰ろう。俺たちの家に」

俺たちの……それを聞いた途端、それまで我慢していた涙がぽろっと流れた。

帰りたい場所。それは彼と私のふたりの家。いつしか私にとって大切な場所が彼の隣になっているのを、今さらながら強く実感した。

家にたどり着くまで彼は一度も私の手を離さなかった。その手の温かさがひとりじゃないと伝えてくれて、恐怖がよみがえってきそうになるたびに強く握った。

あの場ではしっかりしないといけないと思って、気持ちを強く持っていた。でも本当は私も震えるほど怖かった。それを態度や口に表してしまったらおしまいだと思って強がっていた。

簗さんの顔を見た途端に、へなへなと体の力が抜けていくのがわかった。

こんなにも彼を頼りにしていたなんて……。

マンションに到着して、玄関の扉を開き中に入る。バタンと扉が閉じた瞬間、強い腕の中に私はいた。

「美与……美与」

少し掠れた低い声。痛いくらいの腕の強さ。全身から私への心配が伝わってきて……胸がじんじんして涙が滲む。

「心配……かけました」

「いいんだ。君が無事なら」

大きな手のひらが、私の無事を確かめるように背中をなでた。

泣いていた私の呼吸が落ち着くと、簗さんは私を抱き上げて丁寧に靴を脱がせた。

そしてそのまま廊下を歩きリビングに到着した。

「シャワーを浴びて、しっかり温まって」

私を床に降ろすと彼はそう言って、立ち去ろうとした。しかし私はとっさに彼のシャツを掴む。驚いて振り返った彼に私は懇願した。

「どこにもケガがないって……築さんが確認してください」

自分でも大胆なことを言っている自覚はある。彼だって目を思い切り見開いて、動揺すら伝わってくる。

それでも今ひとりになりたくない。一緒にいたい。

「……わかった」

低くて掠れた声は小さかったけれど、私の耳にはちゃんと届いた。

部屋の中でも彼は私を抱いたまま移動した。そのおかげで、なけなしの勇気を振り絞った「お風呂に一緒に入ろう」という自分からした提案を、怖気づいて断らずに済んだ。

帰宅後すぐにお風呂に入れるように予約しておいたおかげで、バスタブからは湯気が立ち上っていた。彼はそれを確認するとすぐに自分の服を脱いで中に入っていく。

きっと私が恥ずかしがって脱ぐのをまごつくと予想したのだろう。たしかに彼の前で脱いだり脱がされたりするのは、恥ずかしくて時間がかかってしまう。

自分から誘っておいて……結局彼に気を使わせてしまっている。

私は彼の気遣いに感謝しながら、着ていた服を脱ぐ。さっきまでは気がつかなかったけれど、こぼれたビールがしみ込んでいてアルコールの匂いがした。

事件がフラッシュバックしそうになって、慌てて服を脱ぎ脱衣カゴの中に入れる。

浴室の中からはシャワーの音が聞こえてきた。すりガラスの向こうには築さんの影が見える。

ドキドキしながら扉を開けると、彼は私に手を伸ばした。体を隠しているタオルを握る手に力が入る。まったくもってどこも隠していない彼、どこに視線を持っていけばいいのかと悩む。

そんな悩みもお見通しなのか、彼はさっさと私のタオルを取って私の肩にシャワーをあてた。

「どこか痛くないか。ケガは？」

私の腕を上げたり下ろしたり、髪をどけたりしながら至るところを確認していく。その様はまさに医師そのものだ。

「ここ、青くなってるな」

怒りの滲んだ声で、私の腕を持ち上げた。

「あっ、本当だ」

きっと強く握られたときについた痕だろう。

「くそっ、もっと早く現場に着いていれば」

「これだけのケガで済んだんです。助けてくれてありがとうございます」

あらためてお礼を言うと、彼は私の青痣のところに口をつけた。

「二度とこんなケガはさせない」

彼はそう言った後、私の体の向きを彼の方へ変えさせた。

「俺がどれだけ心配したか、わかるか？」

心配と苛立ちがまざったような視線。諭すような言い方。それだけで彼がどれほどの思いで私を探し出してくれたのかがわかった。

「ごめんなさい」

「他人を大切に思うのはいい、だがそのために自分を犠牲にするのはやめてくれ」

彼の表情が先ほどと変わった。怒りや苛立ちにとって代わって悲しみに顔をゆがめた。その瞳が潤んでいく……。

「築さん？」

私が声をかけると彼は顔を逸らし、すぐにシャワーを出した。温かいお湯がふたりの上に降り注ぐ。お互いの体を伝いバシャバシャと音を立てた。

彼は手にボディソープを取ると、しっかり泡立てて私を隅々まで洗ってくれた。

その後私にバスタブのお湯にしっかり浸かるよう言って、自分の体を洗ってから私の背後に体をすべり込ませてきた。途端にザバーッとお湯があふれ出た。

ふたりで入っても十分な広さだ。今日みたいな日は、ひとりでゆっくりお風呂に入っているといろいろと考えなくていいことも考えてしまう。だから彼がいてくれてよかった。

ただうしろにいる簗さんは、私の腕の痣をまだ気にしているらしく、さっきから何度もその部分をさすっている。

「愛理のことは……もっと俺が気をつけるべきだった。遠ざけたつもりだったが十分じゃなかったな。まさか俺じゃなくて、美与にとばっちりが向くとは想像できなかったんだ」

すまないと小さいけれど、心底気持ちのこもった謝罪に逆に申し訳なくなる。

「いいえ。私ももっと考えて行動すればよかったんです。すみません」

あのときは必死で冷静になれなかった。もっと周囲に助けを求めるべきだったのに。

「そうしてくれ、俺の心臓がいくつあっても足りない」

「ご心配おかけしました」

さすがに今回のことは深く反省する。ただ簗さんの心配の仕方が過剰な気がする。

気になるけれど聞きづらい。そう思っていたのだけど、彼の方から話をしてくれた。

「少し俺の話をしていいか」

「はい」

うしろを向いて彼の顔を見ようと思ったら、前を向くように言われた。

そして彼は私を背後から抱きしめ、肩に顎をのせる。そうされると彼の表情はこちらからは一切見えない。

きっと顔を見たら言いづらい話なのだろう。私は素直に抱かれたまま話を聞くことにした。

「さっき言い方がきつくなったのには理由があるんだ」

「はい」

「母親の話だ。つまらない話かもしれないけれど、美与には知っておいてほしい」

私がうなずくと、彼はゆっくりと過去の話を聞かせてくれた。

築さんのお母様はシングルマザーで彼を育てていた。看護師として昼夜問わず働いていたようだが、近くには今彼の実家を定期的にメンテナンスしてくれている叔母さんやいとこたちがいて、そこまで寂しい思いをせずに過ごしていたようだ。

「お母様、看護師さんだったんですね。それで医師を目指したんですか？」

「まぁそうだな。今思えば喜ばせたかったんだと思う」

母子で仲良く過ごしていた様子が思い浮かんだ。

「母は君に少し似ているんだ」

「そうなんですか？」

反射的にうしろを向きそうになったけれど、簗さんに止められた。

「自分を犠牲にして、人助けをする人だった。困っている人を見つける天才だって思えるくらい、いつだって人のために手を差し伸べられる人だった。俺にとって自慢の母だった……あんなことになるまでは」

簗さんはそこで一度言葉を区切り、大きく息を吸い込んだ。私を抱きしめる彼の手に力が入る。緊張が伝わってきた。

「俺が高校二年のときだった。忘れもしないよ、雪がちらちらと舞う寒い日だった。あの日、日勤を終えた母が珍しくはりきって料理をするから早く帰ってこいって連絡があって。当時、くだらないことで連絡してくるなんて思いながら、いつもより早く家に帰ったんだ」

あぁ、ここから先の話を想像してしまってすでに胸が苦しい。

「けれど、どんなに待っても母は二度と帰ってこなかった。歩道に飛び出した子どもをかばって車に撥ねられた。打ちどころが悪く、それから一度も目を覚まさずに亡くなった」

「……っ」

覚悟はしていたはずなのに、どう声をかけるべきなのかわからない。きっと普段は胸の奥にしまい込んでいる記憶だ。

「周りの大人たちは『お母さんは立派だった』『素晴らしい行いだ』なんて言っていたけれど、俺からしたら立派じゃなくてもいいから、笑って生きていてほしかった」

忘れようと思っても決して消えない苦しみを、彼は抱き続けている。

「いくら周りが褒めたたえたところで、死んでしまったらなんにもならないだろ？　だからどんな形でもいいから生きていてほしかった。頭では母の行動が素晴らしいと理解はできているんだ。だけど感情がどうしても追いつかない」

彼にとってはたったひとりの家族だった。失ったときの気持ちを想像すると、胸が痛い。

「周囲が母を褒めるたびに、俺のこの感情は誰にも見せるべきじゃないって思って生きてきた」

私はなにも言えず、私に回された彼の手に自分の手を重ねた。そうすることしかできなかった。どうしたら彼を慰められるのか、言葉で伝えるすべがわからなかった。

「だから、美与。しっかり覚えておいてほしい。君が人を救いたいと手を差し伸べることを止めるつもりはない。でも、君が傷ついたら、悲しむ人間がいるということを」

「はい……わかりました」

「きっと、君は母と同じだ。やめろって言ったってやめないだろう」

「そうですね……体が先に動いてしまうから」

これは私の性だ。ずっと誰かを助けることで自分の存在価値を見出してきたから。

「私は簗さんを置いていなくなったりしません」

「美与……ありがとう」

ぎゅっと抱きしめる腕に力がこもった。こんなにも自分を大切にしてくれる人と出会えて幸せだ。たとえそれが家族に対する愛だったとしても。

「ん？　ここケガしていませんか？」

「あぁ」

右手の拳の皮がむけている。

「私の心配している場合じゃないですよ、外科医の手がどれほど大事なのか素人の私にだってわかるんですから」

「かすり傷だから、問題ない」

「そうかもしれませんけど、運がよかっただけかも。もう決して無茶しないでください」

　私は痛々しい彼の拳を見て顔をゆがめた。

「それはこっちのセリフだ。俺の心配するなら、君が無茶をやめなさい」

「……はい」

　ばつが悪くて小さな声で返事をすると、彼はくすくすと笑った。

「仕方ないよな、そんな無茶ばかりする君を好きになったのは俺だから」

　それまで一緒になって笑っていた私は、彼の言葉に固まった。

　今、なんて言ったの？　都合よく聞き間違えした？

　もう一度頭の中で繰り返してみて、期待に胸の鼓動が高鳴った。尋ねるには勇気がいる、でもそうせざるを得ない。

「築さん……あの、私を好きって言いました？」

　ぐるっと振り向いて尋ねる。

「あぁ、言ったが。ダメだったか」

「ダメなんかじゃないです。ただ、信じられなくて」

「俺のことが信じられない？」

彼の顔が曇った。そうじゃないのに、慌てているとちゃんと気持ちを伝えるのも大変だ。

「信用してます！　信用しているんですけど、信じられなくて」

「どういう意味だ？」

「だって、築さんが私のことを好きだなんて。信じられません」

「俺が君を好きだと、困るか？」

彼がわずかに顔をこわばらせた。

「そんなはずないじゃないですか！」

どうやっても自分のこのあふれ出る気持ちが伝わらない。言葉で気持ちを超えるのには無理がある。もどかしくて仕方ない。

いてもたってもいられなくなった私は、気がついたら彼の唇を奪っていた。

「……っん」

ほんの一瞬の出来事だ。自分でも驚いたけれど、私よりもずっと驚いているのは築さんだった。

彼はじっと私を見た後、ぎゅっと瞼を閉じた。

「もしかして……嫌でした？」

　自分の衝動性を反省するように言われたばかりだったのに、彼の気持ちを知ったら我慢できなかった。

「そんなはずないだろ」

「んっ……っ」

　さっきの言葉をそっくりそのまま返されたと思ったら、いきなりだった。肩を掴まれて引き寄せられた。お湯がバシャンと音を立てたかと思うと、さっきの私がしたキスの何倍も激しいキスを返された。

「ちゃんと言葉にしないのは、ずるくないか？」

「だって……あぁ……んっ」

　言わせてくれないのは彼なのに。キスをやめてくれない。

「ほら、言って。美与の口から聞きたい」

「だって……ん」

　私が彼の胸を力を込めて押すと、やっと距離ができた。でもその頃には、何度も繰り返されるキスに息が上がってしまっていた。

　彼が催促するように、私の唇を指でなぞった。

「私、築さんが……」

たったひと言なのに、うまく声にならない。唇が震える。

さっきまで催促をしていた彼は、黙ったまま私の言葉を待ってくれている。

気持ちを落ち着け、大切な言葉を彼に伝える。

「好き。私は築さんが好き――」

最後は言葉にできなかった。彼の強引で情熱的なキスに阻まれて。


お風呂から上がった後も、彼は私のケアを丁寧にした。他にケガしているところがないか確認しながら体を拭き、ドライヤーで髪まで乾かしてくれる。遠慮なんてできる雰囲気ではなかったし、そうされることで私も安心を感じていた。

ドライヤーの音が消えた瞬間、背後から小さなため息が聞こえて振り向いた。

築さんが、ちょっと困った顔をしている。

「いや、こんなことならもっと早くに君に気持ちを伝えればよかった。これでもずいぶん悩んだ」

「もっと早くって……それは、私もそうです。でも勇気がなくて」

彼も私の気持ちがわからずに、やきもきしていたみたいだ。

「出会った後、ずっと気になっていた。再会した後も好意はずっと持っていた。だから君に結婚話を持ち掛けた。だがそれと同時に、失恋したんだがな」

「え、そんな！」

　私は驚いて声をあげた。

「私もそのときに失恋したと思ったんです。だから簗さんへの気持ちを打ち明けられなくて。それでもそばにいたいから、結婚の申し出を受けたんです」

　彼も驚いたのか、目を見開いている。

「君が俺との結婚を〝ありえない〟と、言ったんだろう？」

「はい。だって簗さんみたいな素敵な人が、私を好きになるなんて思わないじゃないですか。だから〝ありえない〟と言ったんです」

　彼は髪をかき上げて肩を落としている。

「俺は、どうしても君を自分のものにしたくて、強引に結婚をすすめた。それが間違った方法だとわかっていても、そうするしかなかった」

　彼は私の髪をなで、優しくほほ笑んだ。

「お互い、失恋したと思い込んでいたなんて……遠回りしていたんだな」

「そうですね」

見つめ合うとどちらからともなく笑い合った。そしてゆっくりと顔を近づけると唇を重ねた。

きしむベッドの上でお互いの肌を触れ合わせる。ふたりの荒い呼吸音と私の甘ったるい声が部屋の中に響いていた。

「悪い、今日あんなことがあったのに」

彼が申し訳なさそうに私に触れる。優しさからだとわかっているけれど、もどかしくて仕方がない。

「あんなことがあった日だからこそですよ。だから私は今日あなたに愛されたいんです」

一度自分の気持ちを伝えたら、いろいろな思いがあふれて我慢できなくなった。でもいくら言葉にしても好きの気持ちが伝えきれていないようで歯がゆい。

彼の首に手を回して、ぎゅっと甘えるように抱き着いた。

すると許可が出たと思ったのか、彼が全力で私に愛を注いでくれる。

大きな手のひらや、熱い唇が体の上を這っていく。そのたびに上がるのは私の体温と嬌声。私の反応を見た彼は、ますます翻弄しようと動きを激しくした。

「美与、かわいい……かわいい。好きだ」

「あっ……築さ……ん。好き」

これまで我慢していたせいか、お互い抑えきれずに愛情表現を繰り返す。

不思議なことに、言葉にすればするほど愛が深くなっていくようだ。

もっとずっと深く、彼と繋がっていたい。

「もっと……して」

気がつけば欲求を口にしていた。

「言い出したのは、美与だからな。覚悟はできているんだろうな」

私は彼の目を見て、うなずいた。

それが合図になり、ふたりの愛を溶かしたような濃厚な空気が私たちを包み込んだ。

第六章　逃げ出さない、迷わない

私と簗さんの間にあった、行き違いが解消された。正直浮かれている。彼と過ごす時間が今まで以上に大切で、彼がいない時間もこれまで以上に彼のことを考えている。そのどちらの時間も胸がいっぱいで、幸せを噛みしめていた。

だからといってすぐになにかが変わるわけではないけれど、なんとなく距離は近づいたように思う。

今朝だって、彼がシャワーを浴びている間に身支度を整えようと思って洗顔をしていると、簗さんがバスルームから出てきた。

体を軽く拭くと、背後から私を抱きしめた。

「簗さん」

「ん？」

「あの、濡れてしまいますよ？」

ドキドキする心臓の音が聞こえないだろうか。

「シャワー浴びるから、濡れても平気だ」

「……そうですか」

恥ずかしいけれど、うれしい。だから振りほどくことができない。かといって朝の貴重な時間をずっとこうしているわけにもいかず……。

顔だけうしろを振り向くと、彼の顔が間近にあった。するとためらいもなく、キスが落ちてきた。

「んっ……」

優しくて、でも熱のこもったキスにうっとりする。

「……ずっとこうしていたいな」

唇が離れた後、彼が耳もとで甘くささやいた。

「ダメですよ。仕事行かないと」

「そうだな。でもここでキスすると思い出すな」

私が首を傾げると、彼は小さく笑った。

「はじめてキスしたのも、洗面台の前だった。あのときは、美与が俺を押し倒したんだったな」

たしかにそんなこともあった。

「でも、あれは事故で」

「事故でもキスはキスだろう。また押し倒してくれてもいいけど」

「い、意地悪言わないでください」

私が拗ねてみせると、彼は笑顔を浮かべて、もう一度私にキスをしてシャワーを浴びに行った。


「いってらっしゃい。今日のお弁当は鮭のおにぎりです」

「あぁ、楽しみだ」

玄関でお弁当の入ったランチバッグを渡す。わずかに口角が上がっているのを見てうれしくなる。彼の表情の変化はわかりづらいので、少しの変化も見逃したくなくていつもじっと見てしまう。

それに気づいた彼も私をじっと見つめ返してくる。

ずっと見つめ合っているのに気がついて、どちらからともなく恥ずかしくなって視線をはずす。はたから見れば忙しい朝の時間になにをやっているのだという話なんだけど、なかなかお互い動けないでいる。

しばらくもたもたした後、彼が私にキスをしたら本当の「いってらっしゃい」の時間になるのだ。

一緒に暮らしはじめてから、何度も彼を玄関で見送ってきた。でも両想いになってからは、このわずかな時間さえもお互い大切にするようになった。

彼の背中を見送ると、身支度を整えて仕事に向かった。

今日はランチまでのシフトで、あっという間に時間が過ぎた。

まもなく結婚してはじめてのクリスマスに年末年始。彼は仕事があるだろうけれど、それでも家にいる間は、楽しい雰囲気を味わってほしい。

クリスマスツリー買っちゃおうかな。

うきうきしながら店を出て、駅に向かって歩いている間にスマートフォンが鳴った。相手を確認したら青葉台中央病院からでドキッとする。築さんか与人になにかあったのだろうか。

慌てて電話に出る。

「南雲です」

『西岡です。今お時間大丈夫ですか？』

「はい」

なにがあったのか、緊張する。

『美与さん、今日お時間があればお会いすることは可能ですか？』

「え、はい。あのなにかあったんですか？」

虫垂炎の経過は順調だ。わざわざ先生が呼び出すようなことがあるのだろうか。

『お会いしたときにお話しします』

「え、あの」

私がまだ話しているのに、待ち合わせ場所と時間を一方的に告げられると通話が終わってしまった。

西岡先生も忙しいのだろう。でもなにがあるかわからずに不安になる。私は約束の時間まで気がかりで、買い物を楽しむこともできなかった。

午後の診察が終わる十七時。私は西岡先生に言われた病院のすぐ近くにあるカフェにいた。

「急に呼び出してごめんなさい」

わずかに遅れてきた西岡先生は、仕事終わりのはずなのにいつも通り綺麗だった。

すぐにオーダーを済ませた。その間も私はそわそわして落ち着いてなどいられず、やきもきしていた。

コーヒーが目の前に置かれると、すぐに今日呼び出された理由を尋ねる。

「あの、私の病気の経過に問題でも？」

ずっともやもやしていたので、我慢ができなくてコーヒーを飲む余裕すらなく尋ねた。

「そ、それとも簗さんになにか……いや、弟になにかあったんですか？」

「ごめんなさい。ちょっとあなたとゆっくり話がしたかったの」

「お話……ですか？」

なにか問題があったのではないと聞いてほっとした。けれどそれと同時に、西岡先生と私でなにを話すのかと疑問に思う。先ほどと違う意味で緊張する。

「この間は災難だったわね。愛理ちゃんのせいで変な事件に巻き込まれて」

「はい……でも、簗さんのおかげで大事には至りませんでした」

そこまで話をして、はたと気がついた。あの事件の話は大沢家と私と簗さん、そして与人だけしか知らないはずだ。

愛理さんの今後を考えて、穏便に済ませることにした。もちろん本人は十分反省していてご両親と一緒にあらためて謝罪に来ている。

「そう、南雲先生のおかげでね。彼にどれほどの迷惑をかけたかわかってないでしょう？」

「……あの、どういう意味ですか？」

それまでやわらかかった西岡先生の表情が一気に険しくなった。

「その意味すらわからないの？」

私はその迫力に息をのみ、言葉が出ない。

「あなたがどれほど、南雲先生の足を引っ張っているか理解するべきだわ」

私が……足を引っ張っている？

理解できずに、黙ったまま西岡先生の顔を見つめた。

「あの日、南雲先生は大切な勉強会があったの。なのにそれをキャンセルしてあなたのもとに向かった。ずっと彼が会いたがっていた教授と会えなかったの。これがどれほどの損失かわかる？」

あの事件の裏でそんなことがあったのだと知ってショックを受ける。

「私、全然知らなくて」

「そうでしょうね。だってあなたに言ってもなんにもならないもの。フォローなんてできないでしょう？」

西岡先生の言う通りだ。彼を支えると言っても、できるのは仕事以外のことだ。

「それに彼この間、あなたを助けたときにケガもしていたじゃない。大事には至らなかったって言ってたけど、外科医が手を使えなくなったらどうなると思うの？　彼を待っている患者さんにどう責任を取るつもり？」

なにもできない私が責任なんて取れるはずない。悔しいけれど本当に役に立たないのだ。

「どう、身の程知らずの結婚をしたせいで、彼がどれだけデメリットを被ってるのか。私がちゃんと説明してあげたから理解できた？」

悔しいけれどうなずくしかできなかった。

「わかったのなら、すぐに別れて」

「えっ！」

予想外の話に驚いてしまった。たしかに仕事においては役に立たないけれど、どうして離婚なんて話になるのだろうか。

「南雲先生の相手が愛理ちゃんなら、我慢できたわ。私も尊敬する大沢教授の娘だし。彼の出世は約束されたも同然だもの」

西岡先生は足を組み直して、私を睨んだ。

「それなのに、彼と結婚したのが、こんななにも持たない人だったなんて。なんのために私はずっと彼への思いを我慢し続けてきたっていうの？　あなたと結婚するくらいなら私にするべきだったのに」

彼女は立ち上がると同時に、ゆっくりと私に近づいてきた。

「別れなさい、すぐに。彼に足手まといは必要ないの」

妖艶なほほ笑みで、私の心臓をえぐってくる。

「西岡先生も……築さんのこと好きなんですか？」

私の言葉に、彼女は冷酷な笑みを浮かべた。

「好き？　そんな簡単な言葉じゃ言い表せないわ。ずっとずっと彼だけを見ていたの。彼のことを考えて自分の気持ちは今までずっと抑え込んできた。愛理ちゃんの応援だってしたくないけどやってきたわ。だってそれが南雲先生のためになると思っていたから」

西岡先生の手が伸びてきて、人差し指で私の顎を持ち上げた。無理やり視線を合わせさせられる。強い視線に身が震えた。

「愛理ちゃんも使えると思ったのに、ダメだったわね。しょせんお嬢様だから詰めが甘いのよ」

くすくすと笑っているように見えたが、目だけはこちらを鋭く睨んでいる。

「詰めが甘いってどういうことですか？」

「聞きたいなら聞かせてあげる。あの事件を起こすようにそそのかしたのは、私よ。

まさか実行に移すほどおばかさんだとは思わなかったけど。本当に世間知らずのお嬢様だわ」

彼女の言葉に背すじが凍る思いがする。それはつまり、あの愛理さんの起こした事件は、この西岡先生が知恵をつけたということだろう。

「私が直接手を下さずに、あなたを排除できると思ったのに。失敗だったわ」

目の前でほほ笑む彼女が、怖くて仕方なかった。

「話はそれだけ、理解できたわよね。無能が南雲先生の近くにいるべきじゃないって」

自分の思いを遂げるために、私や愛理さんが傷ついてもなにも思わないのだ。

「あなたが彼の隣にいる限り、足を引っ張るのは目に見えているの。わかったら、一刻も早く彼と別れなさい、大変なことになる前に」

そう言って彼女はさっさと店を出ていってしまった。

さっきの西岡先生の鋭い視線を思い出す。

どうするのが、一番彼のためになるの？

築さんは、しがらみなく医師として働きたいと言っていた。けれどそれは彼の医師としての選択肢を狭めることにならないのだろうか。与人を見ていれば、医者の世界は知識や腕だけでなく繋がりも大切だとわかる。

それを断ち切ってしまってよかったのだろうか。

西岡先生の言葉に不安になってきた。

しばらく考え込んだが、全然いい考えが思い浮かばずに、私はとぼとぼと家路についた。

その間もずっといろいろと考えてしまう。

出会って日の浅い私たちは、お互いのことで知らないことが多すぎる。一番大切な人に、なにをしてあげればいいかわからないなんて。

なんとか家に着くまでに気持ちを切り替えたい。そう思いながら歩く。扉の前で深呼吸していつもの私になれるようにしてドアを開いた。

あれ……築さん帰ってるんだ。

玄関にある靴を見て焦る。今日はもっと遅いと思っていたので、食事の支度すらできていない。慌ててリビングに向かおうとして、途中にある築さんの書斎の前で足が止まる。わずかに開いていた扉から灯りと声が漏れ出ていた。

「……あぁ、だから一ノ瀬」

ん？　与人と電話しているのだろうか。弟の名前が出たのが悪かった。私は興味をそそられつい話に耳を傾けてしまう。

「美与に絶対に知られたくない。秘密にしておいてくれ」

……っ。

思わず声をあげそうになったのを、必死になって抑えた。口もとに持っていった手をぎゅっと押しあてなんとか耐えた。

秘密……私に？

夫婦だからといってなんでも話をするわけではない。それはわかっているけれど、秘密と言われて気にならない人がいるだろうか。

今の自分にはダメージが大きい。なんとか立て直したと思った気持ちがしおれていくのを感じた。でも逃げ場所なんてどこにもない。ここが私の家なのだから。

西岡先生から、築さんと一緒にいてもなんの役にも立たないと言われたこと。彼がなにか私に秘密にしていること。不安になる要素が重なってずしんと胃が重くなった。

どうすることもできずに、静かにリビングに向かいキッチンに立った。

「ご飯……作らなきゃ」

これ以上なにも考えたくないと思い、無心で野菜を刻みはじめた。

＊　＊　＊

この二、三日、美与に元気がない。

あきらかに考え込んでいる時間が多い。ただ俺が大丈夫か確認したところで「平気」という返事があるだけだ。だからこうして様子をうかがうしかない。

夫婦としてこれからだと思っていた矢先のことだから余計に心配になる。お互いの気持ちを確認したのに、なぜこんなに不安になるのだろうか。

美与には、プロポーズまでの自分の気持ちの移り変わりをちゃんと伝えたつもりだ。出会いから印象はよかった。初対面であんなにも波長が合う人がいるのだと驚いたくらいだ。だから再会してうれしかった。また会えたらいいな……それくらいの気持ちだった。

その頃大沢教授からの見合いの回避について早急に考える必要が出てきて、結婚についても深く考えた。

そのときふと思ったのだ。結婚するなら、美与がいいと。そう思うと彼女への恋慕の気持ちが止まらなくなった。

好きだと自覚したら、美与に言い寄る加藤にはライバル心がむき出しになったし、彼女の行動一つひとつが気になって仕方なかった。

そんな彼女は俺のことをまったく気にも留めていないと思い知らされた。わからされた後、気がつけば結婚を申し込んでいた。

付け込むような形になって悪かった。でもそうでもしないと断わられると思っていたこと。そのうえ、ストーカーのようになってしまった元彼の話を聞いていたこともあり、積極的に気持ちを伝えると負担になるのではないかと考えたこと。

誤解が生じるに至ったであろう原因を彼女に釈明する。

すると彼女からも説明があった。

プロポーズの直前に、見合いの話をしていたせいで、完全に愛理との見合いを回避するために彼女との結婚を決めたのだと誤解されていた。

だからこれまで気持ちを伝えてくれなかったのだと。

そう思わせたのは俺だから、美与が申し訳なく思う必要はない。

やっと誤解が解けてほっとしたし、彼女からの愛情もますます感じてはいる。

それなのに……。

彼女は時折浮かない顔で過ごしている。いったいなにがあったのだろうか。

俺が朝食を食べている間、弁当を作ってくれている。相変わらずうまいし丁寧に作ってくれている。ただ今も小さなため息をついたのが気になって仕方ない。

「そういえば、三日前、病院の近くにいたか？」

「えっ!!」

慌てた様子の彼女が、握っていた菜箸を落とした。わかりやすい動揺になにかあったのだと推測する。話をしてくれればいいが。

「見かけたという人がいたから」

看護師が翌日教えてくれたのだ。美与を病院の近くで見かけたことを。

「はい。ちょっと与人に用事があったんです」

にっこり笑っているつもりだろうけれど、顔が引きつっている。わかりやすくて助かるけれど、心配にもなる。

その日、俺も一ノ瀬と電話したが美与のことはなにも言っていなかった。俺に話すほどの内容でないにしろ、今の彼女の状況であればどんな些細な情報も知っておきたい。

キッチンに向かって、美与を背後から抱きしめた。我慢できずに聞いてしまう。

「元気がないようだけど、なにか悩んでいるのか？」

この間お互いの気持ちをさらけ出し、悩みは解消されたと思った矢先だから余計に彼女の態度が理解できない。

まだ俺に言っていないわだかまりがあるのだろうか。

美与は困った顔をして、やっぱり無理に笑っている。その笑顔を見ると苦しくなる。

「悩んでいるように見えますか？」

「あぁ、俺には言えない話？」

なんでも話してほしいと思うのは、俺のエゴだ。わかっているけれど、悲しげな顔をする美与を放っておけない。

彼女は弁当を作っていた手を止めて、下を向いた。彼女の言葉をじっと待つ。

「私……築さんの役に立ってますか？」

「ん？」

「いえ、なんでもないので、忘れてください！」

俺の方を振り向いて笑っている。ただ全力の笑みでないことくらいは、俺にもわかる。これ以上聞いてもきっと無駄だ。

ちょっと時間をかける必要があるみたいだ。悩みが解消できなくても、少しでも気持ちを軽くしてあげたい。

「話をしたくなったら、いつでも聞くから。あまり思いつめないように」

「はい」

少し表情が緩んでほっとした。ただ根本的になにも解決はしていない。

どうにか早く彼女の憂いを晴らしたい。


早く帰って一緒にいる時間を少しでも長くとりたい。そう思っていたけれど、結局次々とやって来る患者と仕事に、あっという間に時間が過ぎていく。

仕事を終わらせるべく、急ぎの書類を裁く。

「南雲先生。お時間よろしいですか」

声をかけられて、顔を上げると西岡がいた。

「どうかしたのか？　急ぎの用事でなければ後日にしてほしい」

すでに終業時刻は過ぎている。まぁ、普段からあってないようなものだが。

どうやらこのまま話を続けるつもりのようだ、データを保存して彼女の方へ視線を向ける。

「この間の勉強会キャンセルしたでしょ。次、もう一度セッティングするから日程調整できない？」

美与が事件に巻き込まれた日にあるはずだった勉強会だ。

「いや、必要ない。当日たまたま時間があったから参加すると言っただけで、わざわざ日程を調整してまで参加するつもりはない。話はそれだけか？」

どうでもいい内容にため息をつきたいのを我慢して、手もとの仕事を再開させる。

「それだけ？」

西岡の不機嫌な声に、手もとから顔を上げ彼女を見る。

「私とは、話をしたくもない？」

こちらを睨んでいるが、その瞳には怒りと同時に悲しみが滲んでいる。

「そんなことは言っていないだろう。どうしたんだ、今日はおかしいぞ」

「私の気持ちが迷惑？」

正直、美与を待たせてまでどうしてこんな話をしなくてはいけないのだと思う。仕事の話ならいくらでも聞くが、この手の話に時間をかけたくない。俺の中ではとっくに終わった話だ。

まさか西岡がここまで思いつめているとは、思わなかった。

「この間俺の気持ちは伝えたはずだ、美与以外は必要ない」

「ひどい、一度だけでいいの。私のことを女として見てほしい」

俺の知っている西岡とのギャップがすごく、正直どう扱っていいのかわからない。

ただ気持ちは決まっている。

「無理だ。話は終わりだ。出ていってくれ」

「どうして、あの人なの？　この間あの人自身が、南雲先生の役に立たないって認めていたわ。そんな子どうして――」

「美与に会ったのか？」

自分でも驚くほど、声が低くなる。

これまでは煩わしいと思っていただけなのに、美与に関わったと聞いて怒りに変わった。

「会ったわ。だって立場ってものを全然わきまえていないんですもの」

「立場をわきまえずに、夫婦のことに首を突っ込んでいるのはどっちだ。君こそどの立場でものを言っているんだ」

俺は立ち上がった。まだ仕事は残っているがこれ以上西岡の話を聞きたくない。

そのままその場に立ち尽くす西岡の横をすり抜けた。

西岡のことが、美与が元気のない理由のひとつだという予想がついた。ただ彼女に問いただしたところで認めはしないだろうが。

どうするべきなのか、なにも思いつかないまま自宅へ向かう。なにもできなくても、ただ美与のそばにいたかった。

玄関を開けた途端今日のメニューがわかった。カレーの匂いの充満する幸せな空間。しかしその空間にいるはずの美与の姿がなかった。

「美与？」

そもそも玄関に俺の気配があれば出迎えに顔を見せるはずだ。それがなかったことに妙な胸騒ぎを覚える。

「美与？」

洗面所や寝室の中も覗いてみるが、やはりいない。いないことを確認するたびに、焦りが出てくる。

外に出ているのか？

部屋に電気がついているし、カレーの鍋からはまだ湯気が出ている。だから家にいると思い込んでいたが、それが間違いだったら……。

美与はどこにいるんだ？

あの日、軟禁されていた美与の姿を思い出して頭にカッと血が上る。急いで玄関に向かい、ここでやっと彼女の靴がないことに気づく。

もしかして……なにかの事件に巻き込まれたのか？

西岡の顔が思い浮かんで、胃の辺りが急激に冷めていく。

慌てて靴を履いて、鍵を手にした瞬間。ピッと解錠される電子音が聞こえた。

「美与っ！」

「は、はいっ！　び、びっくりした」

扉の向こうから、目を真ん丸にした美与が現れた。彼女の顔を見た瞬間、思わず腕を引き寄せた。

「築さん？」

状況が把握できずに俺の腕に抱きしめられながら、おろおろしている。無事がわかってほっとしてもまだ彼女を離せずに、抱きしめたままだ。

「どうかしたんですか？」

「君が……どこかに連れ去られたかと思った」

手のひらにはまだ汗がじっとり滲んでいる。胸の中にあった焦りが彼女を抱きしめていると落ち着いてきた。

「ごめんなさい。これ、買いに行っていたの」

彼女が俺に見せたのは、近くのコンビニの袋に入った赤い福神漬けだった。

それを見てなんだか気が抜けた。それと同時に、彼女が無事だったことに心から感謝した。

＊　＊　＊

「本当にごめんなさい」

食事を終えた私たちは、ソファに並んで座ってコーヒーを飲みながら話をしていた。

「築さんが帰ってくる前に、戻るつもりだったんですけど。ご心配をおかけしました」

「いや、今日のことは……俺が悪い」

築さんが私の手をぎゅっと握った。そして少しの間悩んだ後、決心したかのように口を開いた。

「美与、君が今なにに悩んでいるのか教えてくれ」

「……築さん」

私は彼の切実な声に、胸がギュッと締め付けられるのを感じた。明るく振る舞っていても、私が悩んでいるのを彼はわかっていた。わかっていて、そっとしておいてほしいという態度をとる私を尊重して、ずっと我慢してくれていたのだ。

私は隣に座る彼に抱き着いた。

「美与……どうしたんだ」

「ありがとうございます。ずっといろいろ我慢してくれていたんですよね」

「ただのやせ我慢だ。……君に関することになると、どうすればいいのか自分の行動に自信が持てない」

気まずそうに彼が笑ったけれど、きっといろいろ悩ませてしまったみたいだ。

「いいえ、ちゃんとお話しできなかった私が悪いので」

「夫婦だからってなんでも話す必要はないと思う。ただ思い悩んでいる君を見るのはつらい」

築さんからの愛情の深さが伝わってきて、胸が温かくなる。それと同時に彼を悩ませてしまっていたことに罪悪感が湧く。

「私、ずっと自分に自信がないまま生きてきました。コンプレックスもたくさんあって」

両親がいないこと、大学進学をあきらめたこと。人に誇れるような経歴や、特技もない。そんな私が恋した相手が、みんなの憧れる存在の築さんだった。

「気にする必要ないだろ」

彼の手が伸びてきて、慰めるように私の頭を優しくなでてくれる。心地よくて彼の純粋な思いやりが伝わってくる。

彼の言う通りだ。人と比べても仕方ない、気にしないのが一番。私もいつもそういう気持ちでいる。

「西岡に会ったんだろう？」

「はい。それで私が簗さんの足を引っ張ってるっていう指摘をされました」

「そんなことは、断じてない」

「助けに来てくれた日、大事な勉強会に行けなかったって聞きました」

「それは西岡がどうしてもって言うから、顔を出すつもりだっただけ。美与の方が大事に決まってる」

私の目を見てはっきりと言い切ってくれた。それだけで、すさんでいた気持ちが慰められる。

「でも、西岡先生の言葉も全部が間違っているわけじゃなくて。だから反論できなかったんです」

人に指摘されてしまうと――とくに西岡先生のようななんでも持っている人に言われると――気持ちがかき乱される。そのうえ、彼女は簗さんに好意を持っている。

「簗さんに関することになると、自信がもてないんです」

ほかのことならスルーできても、彼のことになると小さな自信もすぐに崩れ去ってしまう。

好きだから彼に見合う人になりたい。好きだから支えになりたい。

その気持ちが空回りして、そのたびに落ち込んでしまう。

「それに、築さんが与人と電話しているのをたまたま聞いてしまって。『秘密にしておいてくれ』って……」

「あぁ、それは……」

築さんは気まずそうに私から視線を逸らして、髪をかき上げ観念したかのように口を開いた。

「実は、君の好きなものを弟に聞いていたんだ。いつもいろいろしてもらっているから、なにかお礼がしたくて」

「そんな……私のためだったなんて」

あのとき勇気を出して聞いていれば、こんなに悩まなくて済んだし彼に心配をかけることもなかったのに。本当に遠回りばかりしていたのだと気がつく。

「似たもの夫婦ってことか……」

築さんの言葉に、自分だけじゃなかったと救われた気持ちになる。

「そうかもしれません。でも、自分のためにも今回のことは、ちゃんと自分で解決したいと思います。見守ってくれますか？」

「賛成できないって言っても、聞かないだろう？」

あきらめた表情で笑っている。そんな彼に私は力強くうなずいた。

「ただし、無茶はしないこと。事前に相談すること。わかったか？」

「はい」

彼が私を抱き直して、腕に力を込めた。

私が自分で考えて前に歩き出そうとしているのを理解して、そっとその背中を押してくれている。ちゃんと彼が見ていてくれると思うとそれだけで心を強く持てた。


午後の駅前のカフェは、ゆっくり時間が流れている。

とはいってもｒａｉｎとは雰囲気が違って、ノートパソコンを開いているサラリーマンやおしゃべりを楽しんでいる学生が多い。

ここで私は、西岡先生を待っていた。愛理さんと一緒に。

「すみません、こんなこと頼んでしまって」

隣にいる彼女に頭を下げた。

「いいえ。美与さんは命の恩人なので」

「大袈裟ですよ。でももうあの日みたいなことはごめんですけど……」

お互いに顔を見合わせて、笑い合った。

そうこうしていると、店の入口から西岡先生が入ってくるのが見えた。彼女は私と愛理さんが並んでいるのを見ると、露骨に嫌そうな顔をしながらこちらに近づいてきた。

「愛理ちゃんまで同席させて、嫌がらせのつもり？」

開口一番そう言われて驚いた。

「違います。そんなつもりないですから」

たしかに西岡先生からすれば、そう取られてしまっても仕方ない。彼女は私を一瞥すると、無言で目の前の椅子に座った。

オーダーした飲み物が届くのを待ってから、話をはじめる。

「西岡先生、さっそく本題なんですけど」

「離婚する決心がついたの？」

彼女はコーヒーをひと口飲みながら、私の言葉を遮った。

「いいえ、その逆です。私、絶対に築さんとは別れません」

「……なんですって？」

あまりにもはっきり私が口にしたのが気に入らなかったのか、不機嫌も隠さず乱暴にカップをソーサーに置いた。

「じゃあ、なにしに来たっていうの？　そんなことをわざわざ言いに来たわけじゃないでしょう？」

「いいえ、わざわざ言いに来ました」

「……意味がわからないわ」

西岡先生は長い髪をイライラした様子でかき上げている。

「私が築さんにとってふさわしくないという、西岡先生の気持ちは理解できます。でもだからって、私も彼をあきらめるなんてできないんです」

これまで誰かのために生きていくことで、自分を見出していた。それでいいと思っていた。自分が我慢すれば丸く収まるのだからと。

でも彼だけは、譲れない。その強い気持ちを西岡先生にぶつける。

「西岡先生に納得してもらおうとは思っていません。ただ私の決心を話しておきたかったんです」

まったくもってそんな必要などない。けれど、自分の中のけじめをつけるという意味で私にとっては必要なことだった。

「それと」

「まだあるの？」

私を睨む西岡先生に腰が引けそうになる。でもここでひるむわけにはいかない。

「愛理さんに、謝罪してください」

「美与さんっ！」

隣に座っていた愛理さんが、私の腕を持ち顔を左右に振っている。そんな彼女を見て私はうなずいた。

「西岡先生は、愛理さんから相談を受けていたんですよね。それならば、彼女があんな行動をとる前に止めるべきだった。もっとほかの方法で、彼女の気持ちに寄り添うべきでした。違いますか？」

「子どもじゃないのよ、ばかなのが悪いわ」

西岡先生の言葉に、愛理さんはうつむき、拳を強く握っている。

「たしかに彼女が悪かったこともたくさんあります。でもあなたがそそのかす必要なんてなかった。純粋な気持ちを利用して、危険な目に遭わせたことを謝ってください」

私はどうしてもそこは許せなかった。

人を利用して自分の思いを遂げようとするのは、間違っている。

「利用される方が悪いのよ。それに愛理ちゃんだって、私を使って南雲先生に近づきたかったんでしょ？　だったらおあいこ」

まったく反省したそぶりすら見せない西岡先生に、私はショックを受けながらも話を続けた。

「だからって人を傷つけていい理由にはなりません」

どうしても気持ちが届かずに悔しい。膝に置いた拳をぎゅっと握った。

「美与、これ以上なにを言っても無駄だ」

近くの席に座っていた簗さんの声に、驚いた西岡先生の顔色が一気に青ざめた。

「本当に、お前は救いようがないな」

簗さんは席を立ち、西岡先生を睨んでいる。

「南雲先生まで一緒にいたなんて、ひどいわ」

「美与は最後まで嫌がったが、俺が希望したんだ。お前がちゃんと謝罪すれば出てくるつもりはなかった」

西岡先生のそれまでの強気な態度はなりを潜め、視線を泳がせている。

「これまで医師として同僚として、尊敬も尊重もしてきた。こんな惨めな西岡の姿見たくなかった」

「惨め？　私が？」

傷つき驚いた顔をしている。

「あぁ、手に入らないものを欲しがっている駄々っ子と一緒だ。そんなお前と美与を比べることすらしたくない。もっと周囲を思いやって反省できる人間になれ。今のお前には、なんの魅力も感じない」

築さんの言葉に、西岡先生はとうとう涙を流した。

「うっ……ひどい。好きになっただけなのに」

たしかにそうなのかもしれない。でも西岡先生のやり方は間違っている。

「一方通行の思いを押し付けても、誰も幸せにできない。自分のことすらな」

築さんは私と愛理さんを立たせると、店を出た。

すると外にはひとりの男性が立っていた。

愛理さんはその人に向かって手を振った。

「彼、私の幼馴染なんです。今日心配だからってここで待っていてくれて」

店から出た私たちに気がついて、男性はその場でこちらに向かって会釈している。

「南雲先生、これまでご迷惑をおかけしました。ずっと執着してすみません」

愛理さんはいきなり築さんに頭を下げた。

「私、絶対に医師になるのでそのときはまたご指導よろしくお願いします」

それだけ言い残すと、私の方へも一礼して待っていた彼のもとに走っていった。

どうやら愛理さんは新しい一歩を無事に踏み出せたようだ。

凍てつくような寒さの夜の街を、築さんと手を繋いで歩く。クリスマス直前の街中はツリーやイルミネーションで街全体が浮き足立っているようにも見えた。

「ごめん。最後、どうしても我慢できなかった」

「いいえ。私の言葉よりは響くと思うので」

きっとあれから私がどんなに言葉を尽くしても、今の西岡先生には届かなかっただろう。

「でも私の中で覚悟がしっかりできました」

「なんの覚悟？」

公園の入口に差しかかっていた私は足を止め築さんをまっすぐに見た。自分の思いがきちんと彼に届くようにと。

「どんなことがあっても、築さんのそばにいることをあきらめないって、決めたんです」

「美与……」

彼が私の手を引き寄せて、抱きしめてくれた。こうやって私の決心を受け入れてくれる人がそばにいる幸せを噛みしめる。

「これからは私、誰かの幸せじゃなくて、私と築さんの幸せもちゃんと考えて生きていきます」

「あぁ、そうしよう。一生続くふたりの幸せを叶えていこう」

背中に回された力強い腕に、私は心から安らぎを覚える。

「美与、こっち向いて」

彼の腕の中で顔を上げると、彼が私に甘い視線を向けていた。

「俺は、君の覚悟を応援する。ちゃんと君が笑っていられるようにするから」

「はい。よろしくお願いします」

寄り添ってくれる彼の存在が、なによりも私の力になる。

彼の大きな手のひらが、私の頬に添えられた。そしてそこに彼のキスが落ちてくる。

触れた瞬間感じた冷たさはそのときだけだった。しっかりと重なった唇からは、彼の熱と愛が伝わってきた。

きらきら輝くイルミネーションの光が、まるで私たちを祝福するかのようにきらめいていた。

エピローグ

暖かな春の陽射しが降り注ぐ。

私と築さんは散りゆく桜を惜しみながら、公園をゆっくりと歩いていた。久しぶりにふたりの休みが重なったので、いいチャンスだからとお花見にやって来たのだ。

平日の昼間だったが、親子連れや学生などで賑わっている。キッチンカーなども出ていて、大盛況だ。

「レモネード、美味しそう」

目についてしまって、気がついたら口にしていた。

「買ってくる」

私が止める間もなく、彼が買いに行ってしまった。相変わらず優しくて、その背中を見てうれしくなる。

どこかベンチにでも座って待っていようかと、空いている場所を探していると、ベビーカーを持ち上げながら階段を上っている女性が目についた。

「お手伝いします」

「あ、お願いします」

ベビーカーの中では、赤ちゃんがすやすやと眠っていた。

「かわいいですね」

「ふふふ、ありがとうございます」

ほわほわの赤ちゃんを見て思わず頬が緩む。

階段を最後まで上がりきったところで、足を一段踏みはずしてしまった。

「あっ……セーフ」

変なふうに足を着いてしまったが、ベビーカーは大丈夫だった。

お母さんと赤ちゃんに手を振って別れる。階段を下りるときに左足に違和感があって歩き方が変になる。

「美与、足どうかしたのか？」

「ちょっとひねったみたい」

「大丈夫なのか？　歩きづらいなら念のためレントゲンも撮っておいた方がいいか」

両手にレモネードを持った彼が心配そうに私の足もとを見ている。

「ん～レントゲンはちょっとやめておいた方がいいかも」

「なぜだ？」

私はどうしようか迷ったけれど、彼に伝えることにした。

「実は……お腹に赤ちゃんがいるの。まだ病院には行っていないんだけど――」

私の話を途中まで聞いていた彼は、踵を返すと持っていたレモネードを通りすがりの大学生くらいの男女に「まだ飲んでいないので、どうぞ」と渡した後、すぐさま戻ってきて私を抱き上げた。

「ちょ、ちょっと待ってどうしたの？」

築さんは私の問いかけの最中も、足を止めることなく歩き続けている。

「どうしたって、病院だ」

「だからレントゲンは――」

「そうじゃない。産婦人科。この時間ならまだ午前の診察に間に合うから」

「え、でも」

まさかこんな急展開になるなんて思っていなかった。

人混みの中を私を抱えて、彼は早足で歩いている。行き交う人々がなにごとかとちらちら見ている。

「こうやって運ばれるのって、何度目でしょうか……」

「何度だって運ぶ、この手で君を守るって決めてるから」

私に守られることの喜びを教えてくれた彼にぎゅっと抱き着いた。
そしてお腹の中のまだ見ぬ子に教えてあげる。
あなたのパパは最高に素敵な人なんだよって。

END

番外編

幸せの連鎖

高い空に薄雲が流れていく、九月の秋晴れの日。

白いタキシードを着た与人の隣には、妻の瞳《ひとみ》さんが笑顔で立っていた。

「それでは、みなさま。おめでとうのかけ声とともに、手を離してください、では」

参加者それぞれの手には、白、ピンク、水色のバルーンが握られている。

「おめでとうございます！」

司会者のかけ声とともに、いっせいにバルーンが飛び立った。秋の澄み渡った空によく映える。

どうか弟の幸せが天まで届くようにと願いを込め、私はピンクのバルーンを見送った。

「体、大丈夫か？」

「はい。感動で胸がいっぱいです」

チャペルでの式がはじまって以降、花嫁の次に涙を流しているのは間違いなく私だ。

築さんはあきれもせずに、そんな私の涙をハンカチで拭き取ってくれている。

もうメイク崩れは気にしないことにした。今日は感動に浸っていたい。

「疲れたらすぐに言うんだぞ。椅子を用意してもらうから」

「心配しすぎです」

「君は、用心しすぎるくらいでちょうどいいんだ」

気にかけてくれるのはありがたいけれど、ちょっと過保護すぎる。私たちの話を聞いた周囲の人たちがくすくすと笑っている。

まぁ、彼が気を揉むのも無理はない。大きなお腹を抱えて今日の式に参列しているからだ。

まもなく妊娠七カ月。安定期に入っているが築さん曰く「妊婦に安定期なんてない」そうだ。絶対に無理をするなという、彼の思いの現れだろう。

とはいえ彼が心配しすぎているのも事実だ。

最初はつわりがひどかったのもあって、家事すら止められた。つわりが落ち着いたら落ち着いたで、予想よりも大きなお腹を見た彼の心配は増した。

「あまり人の多いところには行くな。ぶつかったら困る」

「大丈夫ですよ。周囲だって私が妊娠しているのは一目瞭然なんですから」

相手も気を使ってよけてくれる。それなのに今も離れた場所から、与人たちを眺めている次第だ。本当はもう少し近くで見たいけれど……我慢。

チャペルから続く中庭でブーケトスが行われた後、披露宴会場に移る。ここは、私と築さんがウエディングフォトを撮った思い出のホテルだ。なつかしい気持ちになりながら、会場へ移動した。

新郎側の親族としての参加ではあるが、築さんは義理の兄でもあり職場の上司でもある。そうなると彼自身に挨拶に来る人も多く、私は彼の妻として挨拶を繰り返すことになった。

私たち自身、結婚式や披露宴などは行っておらず、こういうお披露目のような機会がこれまでなかったのだから仕方がない。

「いつも主人がお世話になっております」

なんとなく口にするのが気恥ずかしくもあり、誇らしくもある。

そんな中、披露宴はつつがなく進行し、まもなく終わろうとしている。

花嫁である瞳さんから、ご両親に向けての手紙のプレゼントだ。どれだけ慈しみ育てられてきたのかが伝わる内容で、聞いているだけでも涙がこぼれた。

感動の拍手の中、最後に与人から招待客に向けた挨拶があると聞いていた。涙を流す瞳さんを支える与人を頼もしく思い見つめていると、スポットライトが私にあたった。

ど、どういうこと？

驚いてきょろきょろする。演出のミスだろうか？

しかし慌てる私をよそに、司会者は進行を止めない。

「ここで、新郎の与人様より、お姉様への感謝のお手紙です」

「えっ⁉」

新婦からご家族への手紙はよく聞くが、まさか与人が自分宛てに手紙を用意しているなんて思わなかった。

照れくさそうに鼻先をこすりながら、与人がしっかりとこちらを見ている。

「姉ちゃん、これまで自分を犠牲にして育ててくれてありがとう。思春期まっさかりの中学生だった俺が、まっすぐここまで生きてこられたのは全部姉ちゃんのおかげだ」

もう冒頭から、滂沱《ぼうだ》の涙を流した私はぐしゃぐしゃのハンカチを握りしめながら話を聞く。

「自分のやりたいことも、楽しみも、すべて俺に捧げてくれた。おかげで両親がいないことに引け目を感じることなくずっと幸せだった」

与人はそこで言葉を区切ると、手紙から視線を上げ私を見る。

「ただその一方で、姉ちゃんはちゃんと幸せだったのかってずっと気になっていた」

与人……。そんなふうに思っていたなんて。私は与人が立派に育ってくれてずっと幸せだった。ほかの道を選ぶこともできたがそうしなかったのは、私の選択だ。

弟の優しさをうれしく思うとともに、そういう気持ちにさせていたことに後悔する。

ふと膝の上に置いてあった私の手を、築さんが握った。きっと彼は私の気持ちを誰よりも理解してくれているのだろう。

「だから、南雲先生と結婚して幸せになってくれたのが、なによりもうれしい。姉ちゃんって好きな人の前だとこんなふうに笑うんだなって、はじめて知った」

「……っう」

そんな告白を今しなくてもいいのに。

周囲からの視線が突き刺さり、顔から火を噴きそうだ。

「南雲先生、これからも姉のことを誰よりも幸せにしてください。よろしくお願いします」

深々と頭を下げた与人は、いっこうに顔を上げない。瞳さんに促されて体を起こすと目は真っ赤で涙が滲んでいた。

弟からの深い感謝の気持ちを受け取った私は、胸がいっぱいでただうなずくしかできなかった。

「いい式だったな」

マンションに帰ってくる頃になってやっと落ち着くことができた。式の後与人や瞳さんに会うと、また泣いてしまってなかなか収まらなかった。

「私、一生分泣いたかもしれません」

ソファに座る私に、築さんがホットレモネードを作って持ってきてくれた。つわりの間も、彼の作るレモネードだけは飲めた。治まった今でも彼がよく入れてくれるのだ。

「泣きすぎだ」

「……築さんだって、ちょっと目が赤かったですよ」

私の言葉に少し照れくさそうに髪をかき上げて、視線を逸らした。

「今からこんなで、私たちの娘のときはどうなるでしょうか？」

私の言葉に、築さんが固まった。

「築さん？」

どうしたのだろうかと、顔を覗くと表情が抜け落ちていた。

「想像、させないでくれ」

先月の健診の際に、お腹の中の赤ちゃんは女の子だと判明した。その子が嫁ぐ日を想像してしまったらしい。

「でも、いつかはそういう日がくると思うんですけど」

「ダメだ、絶対ダメ」

はっきりと言い切った彼に、思わず笑ってしまった。これは先が思いやられる。私くらいは娘の味方でいようと心に決めた。

彼は思い立ったように、私のお腹に唇を寄せてなにやらぶつぶつと言い聞かせている。

困ったパパになるかもしれないけれど、大きな愛情をもって娘を育ててくれる確信がある。

「とにかく、元気に生まれてきてくれることを祈りましょう。その後のことはおいおい」

「ああ、そうだな」

彼は私の隣に座ると、ふっくらとした腹部に手を添えた。

「この子が生まれたら、三人で結婚式をしようか」

「え……」

驚いた私は、彼の方を向く。

「三人での式も素敵だろう？」

「そうですね」

私はそのときのことを想像して、わくわくした。

彼はそんな私を娘ごと抱きしめると、額にキスを落とした。

娘に今日の日の話を聞かせてあげよう。愛されて生まれてくるあなたが、いつか自分の愛する人と幸せになる日に。

END

あとがき

はじめましての方も、お久しぶりの方も。こんにちは、高田ちさきです。

このたびは『「完全なる失恋だ」と思っている夫婦ですが、実は相思相愛です！～無愛想な脳外科医はお人好し新妻を放っておけない～』をお買い上げいただきありがとうございます。

〝情けは人のためならず〟という言葉がありますが、今回のおせっかいヒロインにまさにぴったりの言葉だと思います。

たくさんの人に与えた思いやりが、巡り巡って最後にヒロインに戻ってきて幸せになれる。そういうお話にしようと書きはじめたのはいいのですが……これがなかなか難しく。

最終的に美与をとっても幸せにできて、ほっとしています。

さて私はといえば、お正月に流行り病にかかりまして……げっそりとした新年だったのですが、今年の嫌なことは早々に終わらせたので、あとはハッピーに過ごしたいと思います。

みなさんもお体には十分気をつけて、栄養と胸キュンをしっかり補充し元気に過ごしてくださいね。

今回表紙の素敵なイラストを描いてくださったのは、御子柴リョウ先生です。

ふたりの両片想いの雰囲気が伝わる素敵な表紙にうっとりしました。ありがとうございます。

それから毎度毎度、悩みすぎて筆が進まない私を励ましてくれる編集さんには感謝しかありません。作品に携わってくださった出版社の方、ありがとうございました。

そして最後になりましたが、お読みくださったみなさま。

少しでも日々の潤いになれれば幸いに思います。

書店でお見かけの際は、ぜひほかの作品も読んでみてくださいね。

それでは、またお会いできる日を楽しみにしています。

感謝を込めて。

高田《たかだ》ちさき

高田ちさき先生への
ファンレターのあて先

〒104-0031
東京都中央区京橋1-3-1
八重洲口大栄ビル7F
スターツ出版株式会社　書籍編集部　気付

高田ちさき先生

本書へのご意見をお聞かせください

お買い上げいただき、ありがとうございます。
今後の編集の参考にさせていただきますので、
アンケートにお答えいただければ幸いです。

下記URLまたは二次元コードから
アンケートページへお入りください。
https://www.ozmall.co.jp/enquete/IndexTalkappi.aspx?id=2301

「「完全なる失恋だ」」と思っている
夫婦ですが、実は相思相愛です！
～無愛想な脳外科医はお人好し新妻を放っておけない～

2025年3月10日　初版第1刷発行

著　者　高田ちさき
©Chisaki Takada 2025

発行人　菊地修一

デザイン　カバー　アフターグロウ
フォーマット　hive & co.,ltd.

校　正　株式会社文字工房燦光

発行所　スターツ出版株式会社
〒104-0031
東京都中央区京橋1-3-1　八重洲口大栄ビル7F
TEL　03-6202-0386（出版マーケティンググループ）
TEL　050-5538-5679（書店様向けご注文専用ダイヤル）
URL　https://starts-pub.jp/

印刷所　大日本印刷株式会社

Printed in Japan

ISBN 978-4-8137-1713-3　C0193

ベリーズ文庫 2025年3月発売

『目を覚ますと初めましての御曹司と婚約してました～君が記憶を失くしても、この愛だけは忘れさせない～』滝井《たきい》みらん・著

令嬢である葵は同窓会で4年ぶりに大企業の御曹司・京介と再会。ライバルのような関係で素直になれずにいたけれど、実は長年片思いしていた。やはり自分ではダメだと諦め、葵は家業のため見合いに臨む。すると、「彼女は俺のだ」と京介が現れ!?　強引にニセの婚約者にさせられると、溺愛の日々が始まり!?

ISBN 978-4-8137-1711-9／定価836円（本体760円＋税10%）

『無口な自衛官パイロットは再会ママとベビーに溺愛急加速中！【自衛官シリーズ】』惣領《そうりょう》莉沙《りさ》・著

美月はある日、学生時代の元カレで航空自衛官の碧人と再会し一夜を共にする。その後美月は海外で働く予定が、直前で彼との子の妊娠が発覚！　彼に迷惑をかけまいと地方でひとり産み育てていた。しかし、美月の職場に碧人が訪れ、息子の存在まで知られてしまう。碧人は溺愛でふたりを包み込んでいき…！

ISBN978-4-8137-1712-6／定価825円（本体750円＋税10%）

『「完全なる失恋だ」と思っている夫婦ですが、実は相思相愛です！～無愛想な脳外科医はお人好し新妻を放っておけない～』高田《たかだ》ちさき・著

お人好しなカフェ店員の美与は、旅先で敏腕脳外科医・築に出会う。無愛想だけど頼りになる彼に惹かれていたが、ある日愛なき契約結婚を打診され…。失恋はショックだけどそばにいられるなら――と妻になった美与。片想いの新婚生活が始まるはずが、実は築は求婚した時から滾る溺愛を内に秘めていて…!?

ISBN 978-4-8137-1713-3／定価825円（本体750円＋税10%）

『いきなり三つ子パパになったのに、エリート外交官は溺愛も抜かりない！』吉澤《よしざわ》紗矢《さや》・著

花屋店員だった麻衣子。ある日、友人の集まりで外交官・裕斗と出会う。大人な彼と甘く熱い交際に発展。幸せ絶頂にいたが、ある政治家とのトラブルに巻き込まれ、やむなく裕斗の前から去ることに…。数年後、三つ子を育てていたら裕斗の姿が！　「必ず取り戻すと決めていた」一途な情熱愛に捕まって…！

ISBN 978-4-8137-1714-0／定価836円（本体760円＋税10%）

『生涯、愛さないことを誓います。～溺愛禁止の契約婚のはずが、女嫌い御曹司が甘く迫ってきます～』美甘《みあま》うさぎ・著

父の借金返済のため1日中働き詰めな美鈴。ある日、取り立て屋に絡まれたところを助けてくれたのは峯島財閥の御曹司・斗真だった。美鈴の事情を知った彼は突然、借金の肩代わりと引き換えに"3つの条件アリ"な結婚を提案してきて!?　ただの契約関係のはずが、斗真の視線は次第に甘い熱を帯びていき…！

ISBN 978-4-8137-1715-7／定価836円（本体760円＋税10%）